U0691858

中国专业作家作品典藏文库

中国专业作家作品典藏文库

吴宝三卷

杏花消息雨声中

Xinghua Xiaoxi
Yusheng Zhong

吴宝三 著

中国文史出版社

目　录

第　一　辑

第 二 辑

第 三 辑

第 一 辑

影棚红楼入梦来

——在北影的日子里

二十世纪的五六十年代，北京电影制片厂的名字是何等耀眼，一大批从革命圣地延安走来的编剧、导演、演员，倾倒多少影迷和电影爱好者。

无边树木萧萧下，影棚红楼入梦来。七十年代初，我和刘水长毕业实习来到北京电影制片厂，学习电影剧本创作。作为当时北大中文系的大学生，不客气地说，我俩算是尖子学生了。刘水长入学前在佳木斯广播电台当了好几年记者，我"文革"前发表过相当数量的文学作品，学的是文学专业，分到北影实习也算顺理成章。近一年的实习生活，刘水长学有所成，将辽宁作家李云德的《沸腾的群山》改编成电影，搬上银幕，又同著名剧作家丛深合作，创作了电影《间隙与奸细》。我虽然不能与之相比，剧本未能搬上银幕，但却留下那段挥之不去弥足珍贵的记忆。

他乡遇故知

北大来了两个实习大学生，经军宣队特批，住宿被破例安排在北影厂招待所。

招待所是六十年代盖的一幢四层楼房，凡北影请来写剧本的作家，一人一个单间。我和刘水长是住单间还是合住一个房间，编导室和总务处意见不一。编导室坚持我俩是"新生事物"，招待所所长也是东北人，在一旁"溜缝"相助，最后我俩才得以享受准作家待遇，一人一间房，只是间壁墙中间有道门。

所长到房间来找我们。看上去他有四十多岁，瘦高个，黑皮肤，快言快语，虽然在北京生活了十多年，却听不出一点京腔。他自嘲道，这也叫死不悔改！当介绍在这里住宿的客人时，所长如数家珍："你们住的这层楼，有山西作家马烽、孙谦，山药蛋派，电影《我们村里的年轻人》《吕梁英雄传》都是他们整的，他俩又新弄了一个《县委书记》本子，议了多少回也没通过；河南作家李准，《李双双》造得挺响，在这儿写《大河奔流》呢；《羊城暗哨》的编剧周啸，从广州来的，正修改一个军队题材的本子；你们隔壁是内蒙古作家张长弓、杨啸。三楼是《杜鹃山》剧组，中国京剧院的杨春霞演主角，每天都披个军大衣去吃饭……"

听说张长弓住在隔壁，我眼前一亮，在所长点名的诸位作家当中，只有张长弓是作家兼诗人。六十年代，他的那首《手拍胸膛想一想》颇有影响，许多人至今还能背诵下来。黑龙江、内蒙古是近邻，特别是我写诗的启蒙老师、著名诗人满锐和张长弓甚好，曾不止一次提及此人，亦算他乡遇故知了。晚饭后，我约刘水长一起登门拜访。

张长弓给我们的第一印象是热情豪放，师长风范。未曾料到的是，头一回见面，三人一唠唠到半夜。我要起身告辞，长弓拦住我："别走，喝酒！"说罢从书桌柜里拿出半瓶二锅头，分倒在三个茶杯里，他先尝了一口。此时没有地方去买下酒菜，我们只有干拉。长弓说："有酒没菜，不算慢待。今晚儿咱们一边喝酒一边讲故事，以酒为题，一人讲一个。宝三，你先来！"

几口白酒下肚，我有几分兴奋，便讲起了小时候听说的一个老掉牙的故事。从前，有父子俩在一块儿喝酒，家里穷得叮当山响，有几个鸡蛋又舍不得吃，拿什么下酒？老子想出一个主意，把一个鸡蛋用麻绳吊在桌子上方的棚顶，看一眼鸡蛋，喝一口烧酒。喝了一会儿，老子突然打了儿子一个耳光，嘴里骂道，和你说好的，看一眼喝一口，你他妈怎么看好几眼才喝一口！轮到刘水长了，他讲的也是爷俩在一块儿喝酒，这家更穷，穷得连鸡蛋也没有。老子找来一根铁钉子，对儿子说，这一盅酒咱俩用钉子头蘸着喝，啥时喝好啥时拉倒。从晌午喝到天黑，连半盅酒也没蘸下去。老子说，喝好了吧？明天再接着喝！把剩下的半盅酒又倒回瓶子里，心满意足地睡觉去了。长弓最后一个讲。别看他已微醉，头脑却异常清醒："你们都讲父子俩喝酒，看来人物不能换了。"说罢将杯中酒一口喝尽，便讲了起来。也是爷俩在一块儿喝酒，过了这么些年，生活好起来了，不喝散装喝瓶酒了。有一天，老子拿出一瓶白酒，不小心掉在地上，酒淌了一地，老子赶忙趴在地上喝了起来。儿子在一旁观望，无动于衷。老子急了，骂儿子："你不趴在地上喝酒还看什么？难道等你妈上菜不成！"

讲罢故事，长弓兴致来了，从抽屉里拿出毛笔，他要挥毫泼墨。没有墨汁，他打开一瓶蓝钢笔水当墨，没有宣纸，他铺开写稿用的八开稿纸。早就听说他的书法颇具功力，果然名不虚传，只见他刷刷点点，龙飞凤舞，给我写了一首毛主席的《沁园春·雪》，写了满满两页稿纸。这是我第一次见到作家写的书法，一直珍藏到现在。每当我拿出来向友人展示，就连当代有点名气的书法家都啧啧赞叹。诗人贺敬之的书房，一直悬挂着此公的书法条幅。此后，长弓给我的书信，都是用毛笔写的，说了那么多暖心的话，令我泪目。

大食堂名人荟萃

谁都离不开吃饭，名人亦不例外。

每天早、晚两顿饭，大食堂冷冷清清，没有几个人问津，大都在睡觉。到了开午饭时，大食堂人声鼎沸，异常热闹。北影厂的职工、家属、孩子，还有摄影棚里拍戏的摄制组人员，全都集中在这里用餐。餐厅只有几张破旧饭桌，没有坐的凳子，拿着饭碗的，夹着饭盒的，买了饭菜围着饭桌边吃边聊，有的打回家里去吃。

我一般不到十一点就来到食堂，早早排上队，倒不是想早点吃饭，而是想看看今天又"解放"出来几个名人。

有一天开了眼界。见到导演《革命家庭》的张水华，导演《红旗谱》的凌子风，导演《青春之歌》的崔嵬，导演《暴风骤雨》的谢铁骊，还有正在导演《侦察兵》的李文化。我正同水华说话，迎面来了一位五短身材的小老头，嘴里叼着一个旱烟袋，这是《马兰花》的编剧梁彦。他径直朝我走来，对我说："咱们东北老家苞米楂子大芸豆粥，大豆腐真好！多少年也没吃了。"梁彦是呼兰人，一见到我就谈起家乡来，人老思乡啊！田方、于蓝、于洋、谢芳、葛存壮、于绍康也都来吃午饭，还有一位饰《小二黑结婚》中小琴的演员，好像叫俞平。有两位刚刚卸妆的演员，手里捏着馒头，端着菜盆，边走边吃，仔细辨认，是《停战以后》中饰演班县长的赵子岳和饰演将军的张平。还有两位老汉蹲在窗下靠墙根儿吃饭，农民模样的打扮，是大名鼎鼎的作家，一位是马烽，一位是孙谦。

我享受准作家待遇，吃饭不用自备餐具，由食堂供给，可直接到卖饭口买饭。有五个长队，我排在前进速度较快的队伍后面，一步一步往前挪。

待我来到饭口，往里一瞧，不由得吓了一跳，卖饭的服务员似曾相识，想起来了，此人不是五十年代主演《上海姑娘》的高时瑛吗？高大姐十分友善，看看后面已无人排队，同我进行了简短交谈。她说，编导室这帮人从干校回来了，到食堂工作算是好活。其时，新毕业的大学生本不受欢迎，受此礼遇，我感动得不知如何是好。由此开始，我们有了关于电影的话题，几年后，在她的动议下，她同导演《一盘未下完的棋》的段吉顺、《明姑娘》的编剧航鹰，千里迢迢到我工作的辽西来看我，我也去北影看望她，成为忘年交。

在这个大食堂进餐，不仅同有名的艺术家熟悉起来，也认识了一些初出茅庐的演员，如《海霞》剧组的吴海燕、洪学敏，《小花》剧组的唐国强、刘晓庆，还有一些新演员，未及崭露头角，便销声匿迹了。

在北影写剧本的作家有七八位，有的剧本一改就是几年，到头来仍是竹篮子打水一场空。李准对我说过，电影好比触电，一触上电，后患无穷。对这位高产作家，我敢断言，如不触电，专心致志创作小说，产量不知要比电影翻几番。演员亦如此。众多女演员如花似玉，走马灯般进来出去，成功者寥寥。

大食堂的饭菜虽然可口，可电影这碗饭却不是好吃的。几个月过去，我对电影创作，多少有点失去信心。

《卖菜姑娘》流产始末

编导室的两位剧作家曹硕龙、高振河，六十年代分别毕业于吉大中文系和北大中文系，我跟着他们二位创作电影文学剧本《卖菜姑娘》。这部国产故事片的导演谢铁骊以导《早春二月》而蜚声影坛。

《卖菜姑娘》是以辽宁省著名劳模李素文为素材，写生活中的普通人。在和导演商量这个本子时，谢导也强调了人物不拔高，写好活生生的普通人，拍一部类似《摘苹果的时候》那样明快的片子。当时刚放映过朝鲜影片《卖花姑娘》，也未商量，我们顺口把剧本名字暂定为《卖菜姑娘》。

七月，我们一行三人冒着酷暑，深入生活，来到京郊的蔬菜种植基地蒲黄榆采访种菜人，每天早出晚归，来回换乘几次公共汽车，挤得汗流浃背。

一个月后，我们到了沈阳，采访曾当过售货员的李素文。时任辽宁省革委会副主任的李素文，当官不像官，衣着朴素，平易近人，但从几次接触中发现，她走上领导岗位后精神负担很重，讲话办事小心谨慎。我们同她在招待所进行过两次长谈，直到结束采访，她没陪我们吃过一顿饭，而是约我们到她家做客。

在李素文的家里，她为我们沏茶倒水，削苹果，唠家常，无拘无束，我们这才找到了她当年的影子。她同我们分手的时候，一边用手梳理微风吹拂的短发，一边摸着头似在想心事，而后说了一句话："你们写好剧本不用给我看，一切由组织上定。"

返回北京，我们到西单菜市场体验生活——站柜台卖菜。老曹是广东人，小巧玲珑，戴着一副近视眼镜；老高是北京人，人高马大。两人穿上蓝色工作大褂，一个似长袍，一个勉强系上衣扣，看着有几分滑稽可笑。半个月的柜台生活，我觉得没啥，小时候我卖过菜，不过如此，如果还有点收获的话，就是认识了几种南方蔬菜：茭白、竹笋、空心菜。

我们向谢导谈了剧本的提纲，谢导也谈了一些具体意见。初步确定，先把本子写出来，等拍完《杜鹃山》，就着手考虑上这个戏。

十个样板戏导了一多半的谢铁骊担任这部故事片的导演，我们充满信心。然而，复杂的斗争形势我们想象得过于简单了。在江青横加干涉下，几个新拍摄的故事片纷纷被枪毙，就连《创业》亦险遭厄运。关键时刻，是毛主席的批示救了这部片子。七月三十日，文化部召开几千人大会传达指示，会场上顿时气氛热烈，响起经久不息的掌声，许多艺术家激动得流下眼泪。

与此同时，围绕着电影《海霞》的争论也告一段落。在京政治局委员在文化部领导的陪同下，集体审看了《海霞》原片及修改片，决定按修改片公开放映。这样，谢铁骊身上的压力也总算解除了。斗争接连不断，闹得沸沸扬扬，时过境迁，搁置半年之久的《卖菜姑娘》成为明日黄花。

红楼故事多

北影厂大门的花坛前面矗立着一座三层红色楼房，机关各部门在这里办公，编导室也在其中，人们都称之为红楼。

早就听说编导室有十大编剧、十大导演，我每天都逐一对号。十大编剧之一的梁彦看外稿，来自全国各地的电影剧本似潮水般涌来。梁彦是个招人喜欢的小老头，嘴里整天价叼着旱烟袋，眯缝着眼睛，讲话不紧不慢，有板有眼。他对我说，每天电影剧本来十多个，作者形形色色。记得梁老向我讲过一个作者的真实故事。有个北方作者，一气呵成写就《曙光》《黎明》《朝霞》三部曲，二十余万字，并附有一信，不是写给编辑的，而是写给江青的。

我问："本子写的什么内容?"梁老把旱烟袋锅里的烟灰往烟缸里一磕，说道："大作看了一周，也不知道他写的是什么玩意儿!"

导演《沙家店粮站》的干学伟是位象棋迷，每次下棋，让我两个马或两个炮，我也不是他的对手。可别小看这个江浙小老头，他有"三个第一"的称号：在中国，他是第一个扮演列宁的演员，第一个和苏联合拍宽银幕电影《风从东方来》的导演，第一个被评为电影学院教授。我称他老干，他叫我小青年，我俩常常因为悔棋吵得面红耳赤，过后拉倒，相安无事。一日中午下棋，我俩又吵起来了，老干像小孩似的，我的车还没走稳，他一下子把车抢去攥在手里，我去夺，两人扭作一团。这时编导室党支部书记于蓝走过来通知开会，我俩才不得不休战。

开的是机关全体人员大会，内容是批斗屡教不改、乱搞男女关系的一个男职员。只见一个三十多岁的男子被几个小青年扭送到会场，站在前边接受批斗。发言者踊跃，一个接一个，言辞尖锐，情绪激昂，势如暴风骤雨，我暗暗为被批斗者捏了一把汗。我经历过"四清"运动，这类事不宜公开，弄不好容易出人命。两个小时过去，被批斗者似有悔改之意，深刻检讨，无限上纲，把自己说成是转移斗争大方向、破坏大好革命形势的坏分子，死有余辜。

散会时，大家顺着楼梯下楼，只见此人脚步轻盈，一步下几个台阶，拍拍这个肩膀，拍拍那个肩膀，没事人似的，表情像看客一般，轻松加愉快。我一时无语，不能不赞叹这位年轻人的演技。

看 电 影

在北影的日子里，差不多每周可以看一次电影，有外国片，如《乱世佳人》《瓦尔特保卫萨拉热窝》《网》《冷酷的心》；国产片是"十七年"生产的影片，如《早春二月》《上海的早晨》《不夜城》等。还有所谓内参片，都是在小西天的中影发行公司看，偶尔和中央领导人不期而遇，也就沾光一起看。《瓦尔特》这部片子是北影厂译制的，我第一次观看这么震撼的译制片，其配音演员阵容强大，一个个如雷贯耳，我大多熟悉，因为就在我身边。

一次在北影"二放"看墨西哥一部叫"玛丽亚"的影片。放映前，驻厂军宣队负责人发表一通讲话，给看电影的人打预防针。这位不到三十岁的连长庄严宣布："这个电影是棵大毒草，和中国的《红楼梦》差不多，大家要批判地看，不要中毒！"我注意到，一些人的嘴角微微一动，流露出不易察觉的轻蔑。

放映过程中，几个年轻女演员被剧情感动，为主人公的命运轻声哭泣。这位连长发现后，立即命令停机，批了一通后才又重新放映。

待我看罢电影，听了周围人的议论，不由独自叹息。尽管军宣队让我住上北影招待所的单间，但把这部影片说成毒草，我无论如何不敢苟同。

还有一回在"一放"看《巴黎圣母院》，观看者除编导室全体人员外，还有外请的作家，基本是创作人员。不知何故，这次连长没有到场，自然事先也没有"警示"。放完电影后，大家边走边交谈，畅所欲言。

感慨最深的当是李准，他操着浓重的河南口音，自言自语道："老雨（指雨果）实在厉害，了不起！"我的同学刘水长说："隔墙有耳，你不怕让连长听着？"李准一字一板道："青山遮不住，毕竟东流去。"我禁不住接了一句："江晚正愁余，山深闻鹧鸪。"我曾想，这位作家为他当时在北影写的本子取名《大河奔流》，是否与看过这场电影的心境有关呢？

也许，确和这场电影有关。不曾料到的是，李准与刘水长和我的对话，当时曾引起于蓝的注意。这之后，北影拍故事片《反击》，编导室提议，邀请我和刘水长参加创作剧本。刘水长从哈尔滨欣然前往，导致后来停职反省，"少想工作，多考虑问题"；我因妻子要生孩子，一时脱不开身，未能践约而幸免于难。我时有感叹，塞翁失马，焉知非福！

于蓝，我的第一个上级

于蓝走了，走完了她九十九年的人生历程。

13

我知道于蓝这个名字，始于 1963 年。那时，全国各电影院都悬挂着二十二位电影大明星的巨幅黑白照片，年轻时的于蓝闪烁着耀眼的星光。未曾料到的是，过了十年我竟成为她的部下，她成为我的直接领导。

1973 年大学毕业前夕，北大中文系安排我和刘水长到北影实习。我俩到北影报到那天，接待我们的是编导室党支部书记于蓝。

于蓝是从延安鲁迅艺术文学院走上电影之路的。进入北影，她在《翠岗红旗》中担任女主角，接着在《龙须沟》《林家铺子》《革命家庭》中出演重要角色。1962 年，她与夏衍编剧、水华导演合作拍摄的《烈火中永生》红遍全国，成为亿万观众心目中的"江姐"。

我和刘水长第一次见到于蓝老师，是在北影红楼编导室的一间办公室里。她谦和、质朴且平易近人，虽是大名鼎鼎的明星，却没有一点明星的派头，颇似邻家的一位大婶。于蓝老师轻声细语，欢迎我们来北影。因为第一次见到这么大的明星，我有几分紧张，不知说什么为好，于蓝老师像拉家常一样同我俩谈话，我不再拘束，心里有几分温暖。这时一个人走进办公室，高高的个子，瘦瘦的身材，两眼炯炯放光，我一下子认出来，这不是电影《英雄儿女》中的政治部王主任吗？我差一点喊出声来。于蓝老师笑了笑，向我们介绍道，这是编导室的田方同志。后来才得知，于蓝是他的夫人，延安时期的战友。

在北影实习的日子里，不论开会、学习或是在一起聊天，于蓝老师不止一次语重心长地对我说，创作必须沉到生活中去，关在书斋里编出来的故事，远不及生活中的精彩。她又说，演员也一样。过去拍战争片，群众送八路军上前线，不用怎样说戏，请来的群众演员立马进入角色，经历使然。我们厂演员谢芳同志，和我在五七干校养猪，她现在要演似这样的一个普通劳动者，一定会演得很好，因为她有几年的切身体验。

我离开北影两年后，田方老师因病不幸辞世。得知消息后，我连夜发了唁电，于蓝老师很感动，在给我回的一封长信中，一再深表感谢。在这封信中，她叮嘱我扎根生活，真情写作，说了那么多暖心的话，令我潜然泪下。八十年代，我和刘水长合作，创作出版了讴歌十七世纪台湾人民开发宝岛、反对侵略、维护祖国统一的长篇小说《两岸清魂》，拟改为电影脚本。我们没有辜负于蓝老师的期望。这之后，我在小兴安岭林区给她寄点西洋参和松子，请她保重身体，老有所为，焕发青春。我们时有书信往来，她给我那么多鞭策和鼓励，那封让人动容的长信我珍藏多年，如今陈列在吴宝三文学馆。

2016 年召开全国文代会、作代会，我在北京人民大会堂见到于蓝老师。会间休息，见她同秦怡等几位老艺术家在一起说话，我走了过去，不便打扰站在一旁聆听。于蓝老师看见了我，赶忙从座位上站了起来，对我说："这不是小吴吗，你还在黑龙江吧？"我双拳紧抱道："大姐，还记得我这个老部下！"于蓝老师向身边鬓发斑白的老艺术家介绍道："这个小吴现在也成了老吴了，头发全白了，他比田壮壮大不了几岁，当年在我们厂写剧本时还是小伙子呢!"我拱手相谢,时间不但没有拉开我与老人家的距离,而且使我们越发近了。谁知,这竟然是我们最后的一次相见。

于蓝老师,这位德艺双馨的老艺术家,当是我电影文学创作的启蒙老师,亦是我从学校大门步入社会的第一个上级。

2020 年 7 月 8 日改于哈尔滨

边疆的泉水清又纯

——记作曲家王酩

边疆的泉水清又纯,

边疆的歌儿暖人心,

清清泉水流不尽,

声声赞歌唱亲人。

由李谷一演唱的这首电影《黑三角》的插曲,流传甚广,因为电影是在哈尔滨拍摄的,黑龙江人无论对影片还是对这首歌,都非常熟悉。歌词的作者是著名词作家凯传,曲作者是其老搭档,人们熟知的著名作曲家王酩。王酩是上海人,1963 年毕业于上海音乐学院作曲系,分配到北京中央乐团从事专业创作。他已为一百多部影视作品谱写音乐,其中有电影《黑三角》《海霞》《小花》《知音》《红楼梦》,电视剧《诸葛亮》《侠女十三妹》等。他的多首创作歌曲在社会上广为传唱,那年,全国十五首获奖歌曲，其中四首系他所作。

最值得一提的是，由乔羽作词、王酩作曲的《难忘今宵》经久不衰。这首歌在 1984 年春节晚会上首唱，之后，这令人激动不已的旋律便响彻历届春节晚会和大型晚会的演播大厅。它似可以和《莫斯科郊外的晚上》相提并论，将一种难舍难分的绵绵温情深深地融入朋友的心间。"难忘今宵，不论天涯与海角……不论新友与故交……"友情依依，余情未了。

许多人是从《妹妹找哥泪花流》开始了解王酩的。在京采访，我单刀直入问起这首歌来。王酩告诉我，接受了为北影拍摄的《小花》谱曲的任务后，苦思冥想，夜不能寐，进展不顺，便回到故乡上海。一日在街头漫步，走到人民广场，看见贴大字报的人山人海，哎呀，这么多人，妹妹上哪里去找哥哥呀？突然一个旋律产生了，啊……啊……他的泪水哗哗往下流。怕别人看到此景误认为他是精神病，赶忙坐公共汽车回家，一口气写下这支曲子。回到北京，请凯传填了词。进入创作，王酩如醉如痴，好似着了魔，整个神经被音乐支配着。在家写曲子，整日和钢琴为伴，水开了，他看不见；饭煳了，他闻不着。他家的水壶和饭锅不知烧漏了多少。一次，他爱人从伊春老家探亲回来，推开房门走到跟前招呼他，他两眼盯着爱人，看了老半天，竟然问了一句："你找谁呀？"

王酩曾在辽西体验生活，我有幸同他结识。他喜欢喝酒，且颇有酒量，白酒半斤八两不醉，席间常操着生硬的东北方言开玩笑道："咋的啦？可别喝迷糊，喝迷糊就整不明白了。"然后指指自己："我的名字是酩酊大醉的酩，咋喝也不大醉！"他几次急着要乘小木船去距兴城三十多海里的菊花岛采风，便对我说："咱们带上酒，带上吃的，把好吃的都给岛上的渔民，我们去吃渔民的饭，晚上就住在岛上，可以露宿，燃起篝火，喝酒、吃鱼干、盖鱼皮，那有多美呀！"时值春寒料峭，海上的夜晚更是寒冷，大家见他穿着单衣单裤却要露宿，无不笑他罗曼蒂克。在菊花岛上，王酩常在海边买几斤硬壳蚶子，带回食堂，自己到厨房动手洗净烫好，端上饭桌。他深情地对我说："我对大海是有感情的，我的父亲是渔民，我的母亲是花农，我在海边晒过鱼干，心和大海相通啊！"

在兴城，中国女排在那里集训，同中国歌剧舞剧院的歌唱家们举办了一场别开生面的联欢。卢秀梅等演唱了我写的几首歌，郎平、姜英、梁艳、郑美珠、巫丹等女排宿将登台演唱一首《迟到》，台下的王酩坐立不安。我问他怎么了，他说打算写几首像《迟到》这样的通俗歌曲，寻思谁唱最合适。接着，他主动登台演唱了《妹妹找哥泪花流》，尽管声音嘶哑，但唱得非常投入，气氛一下子热烈起来，因为有几处跑调，台上、台下的观众笑得前仰后合。

1997 年 11 月 19 日

祝你一路平安

——记词作家张士燮

提起《社员都是向阳花》这首歌，从五六十年代走过来的人几乎人人皆知，个个会唱；而列车歌曲《祝你一路平安》，经歌唱家蒋大为、金曼演唱之后，似长了翅膀，飞遍祖国大江南北、长城内外，可以说家喻户晓，妇孺皆知：

> 朋友啊朋友，
>
> 列车就要开动，
>
> 我将和你一路旅行……

这两首歌的词作者，就是一直在军队文工团从事专业创作，长期担任空政文工团艺术室主任的著名词作家张士燮。

张士燮，笔名佟伏，天津人。中国音协理事，一级编剧。1951年开始发表作品，可谓老词作家。《农友歌》《秋收暴动歌》

《十送红军》等名歌，人们并不陌生。最值得提及的是，他参加了大型音乐舞蹈史诗《东方红》《中国革命之歌》的文学创作。

　　作为军旅作家的张士燮，军人的气质，军人的体魄，身高一米八五，笔挺伟岸。他军装不离身，相识这些年来，没有见过他穿一次便服。他为人真诚宽厚，举止言谈随和。那年早春，在兴城去菊花岛采风的机帆船上，风大浪高，小船摇晃起来，我有几分紧张。这时，张士燮脱下毛料军大衣，披在我的身上，然后语气极为平和地对我说："你不最欣赏苏轼的代表作《念奴娇·赤壁怀古》吗？给我背一遍如何？"在这茫茫大海的一叶扁舟上，我哪有心思吟诗诵赋。他见我不语，便自己背了起来：

　　　　乱石穿空，

　　　　惊涛拍岸，

　　　　卷起千堆雪。

　　　　江山如画，

　　　　一时多少豪杰。

　　　　……

　　我的心逐渐平静下来，两个人身挨身靠在一起聊起来，话题从苏公的这首词扯到当今的诗词创作。抹了一把溅到脸上的水珠，我直言不讳地问道："你的作品无不带有历史的印迹，这算不算通常所说的遵命文学？"他笑了，笑得颇为开心："你说对了一半。唱时代之歌，抒人民之情，看来我不会轻易改变自己了！"

令我惊叹的是，他创作的那些政治性很强的歌曲，有的虽是命题之作，竟然也能广为流传，如果没有相当厚实的艺术功力，是难以同政治完美结合的。

随着友情不断地发展，我逐渐认识到对他的评价确乎"说对了一半"。他不仅写直抒胸臆的政治歌曲，也写芬芳浓郁的生活之歌，如他与著名作曲家谷建芬合作的《兰花与蝴蝶》，就是一例。

兰花美，

兰花香，

台湾兰花花中王。

在山谷，

在林间，

碧叶飞舞金花放……

这首歌被选入《中外名歌666首》。此前，我并不知道这首歌系他所作，他也不曾向我提及，直到那一年仲夏去北京灯市口他的家里做客，见到这部歌曲精选集，才着实令我吃了一惊。

1997 年 12 月 9 日

洁白的羽毛寄深情

——记词作家凯传

各国的健儿聚北京，

洁白的羽毛寄深情。

莺歌啊燕舞迎宾客，

老友新朋喜相逢。

……

这首国内争相传唱，飞越国界的歌曲，曲作者为著名作曲家施光南，词作者便是著名词作家王凯传。

王凯传，笔名凯传，天津人。历任中学教师、中央乐团合唱队员、专业词作家。他是著名作曲家王酩的老友，人们熟知的《妹妹找哥泪花流》《边疆的泉水清又纯》《青春啊青春》《角落之歌》等，均出自于这一对老搭档之手。凯传曾为《黑三角》《小花》《有一个青年》《虾球传》等影视歌曲作词。他所作的

《难得相逢》，曾被选为第十一届亚运会歌曲。

那一年初春，我曾同北京的几位词曲作家为一个沿海旅游城市创作歌曲，凯传亦在其中。一天上午，当讨论如何写一首渤海湾的歌曲时，我很拘谨，不敢贸然发表意见。凯传拍拍我的肩膀："老弟，你可是最熟悉大海哟！"似一位宽厚的长兄，眼神充满期待和依赖。其时，他和王酩的《渔家姑娘爱海边》已广为流传，我岂敢班门弄斧；加之写大海的歌太多了，且精品层出，我无论如何也不敢碰这个题目。当凯传即兴写出了"天蓝蓝，海蓝蓝，看景要看渤海湾"这两句开头歌词时，令我这个在海边生活十几年的诗词作者由衷折服，自愧弗如。

翌年夏天，我去京看望凯传，那时他家居住在和平里西街中央乐团宿舍。时值三伏，酷热难当，一进家门，却见他喝着热茶，手里摇着一把大蒲扇，汗水从头上不住地往下淌。这位身高一米八〇的"关东大汉"，见了我这个"东北老乡"，赶紧拉开冰箱，拿出几盒自制的冰块，一个喝热茶，一个吃冰块，我俩神聊起来。

话题谈到王酩，凯传顿时来了情绪："此公真是拼命三郎，进入创作似着了魔，恍若成仙入境。"我忙问道："《妹妹找哥泪花流》是先有曲，后填词的吧？"凯传莞尔一笑，公开了这个鲜为人知的秘密。原来，王酩接受了为电影《小花》谱曲的任务后回到家乡上海，一日在大街上灵感顿生，忙跑回家里写下这首曲子。返京后的当天晚上，迫不及待地敲开凯传的家门，把曲谱交给了他。凯传看了一遍，那深情哀婉的旋律，立刻将凯传的情绪调动起来，他顺手抓起一支铅笔，写下了——

妹妹找哥泪花流，
不见哥哥心忧愁，
望穿双眼盼亲人，
花开花落几春秋。
……

连写三段歌词，一气呵成。第二天一早，王酩找上门来取走词稿，回到家中坐在钢琴前弹起这首歌来。弹得那么专注，那么投入，直到凯传提醒他灶间的水壶快烧干了，他才如梦方醒。

凯传不无感慨地说："这是我创作歌词以来，写得最顺手最开心的一首歌。"

1998 年元旦

25

《百花园》中的园丁陆伟然

绥化召开首届作家代表大会，我得以来到松嫩大平原上这座粮仓城市。

不经意间发现，在我住处对面的房间里，一些人正围观一位老者书写大会贺联。我近前一看，这不是著名诗人、书法家陆伟然先生吗？他那潇洒挺拔的行书，我是如此之熟悉，几十年过去了，一段往事依然历历在目。

二十世纪六十年代，我在小兴安岭密林深处当工人。我第一次知道他的名字，是《人民文学》上刊登的"黑龙江青年诗人小辑"中，有他的一首诗——《北大荒春耕曲》，我尤为喜欢。此后经常在报刊上看到他的诗作，并知道他是广西人，随十万转业官兵来到北大荒，当过拖拉机手，至于在什么单位工作，就不得而知了。我，一个处江湖之远的文学爱好者，无名之小卒，岂敢高攀名人，只能望名兴叹。

1965年初春，我正在山上劳动，邮递员送来一封信，我打开一看，热血直冲头顶，兴奋得几乎晕倒。信是这样写的："吴宝三同志，您好！近几年来，林区出现一些引人注目的诗歌作者，您是其中的一位。五一劳动节将至，我们想请您写一首抒发工人阶级情怀的诗作，当然多写几首更好。来稿务于 4 月 20 日前寄出，并请在信皮上标明特约字样。"落款是《黑龙江日报》副刊部，并加盖了红色印章，时间是 1965 年 3 月 20 日。喜从天降，这封云中锦书，令我爱不释手，反复品读，真是不敢相信，一个高考落第沦落天涯的知青竟会有这等殊荣！只用两个晚上，我写毕一组短诗，亲自跑到五公里之外的邮局，将稿件寄出。在热盼"五一"的日子里，我开始练字，这封约稿信，便成了我最初习练书法的字帖。

组诗《筑路二首》在省报《百花园》副刊刊出，我欣喜若狂，将喜讯告知我的高中同学刘铁民。刘同学深受鼓舞，觉得大报不是高不可攀，也写了一首《高粱红》邮给省报副刊，是年 10 月，这首诗在"社员秋收短歌"栏目发出。从此，我和刘同学不断地投稿，不断地收到字迹相同的来信，但始终不知道这位编辑的姓名。

十几年之后，我调到省城工作，几经寻访，才知道给我写约稿信的这位编辑，是我仰慕已久的陆伟然先生。我们很快从相识到相知，并成为好友。当年，他看到我在《东北林业报》上发表的几首小诗，亲自写信约稿。待我将见到陆先生的消息打电话告诉刘铁民后，刘同学和陆先生相见就颇具戏剧性了。那年，省报召开全省通讯员会议，刘铁民第一次迈进报社的大门，心里有几分忐忑。在楼梯上，一位和蔼可亲戴眼镜的中年男子问他："庆安县的刘铁民来了没有？"

刘一怔，赶忙说："我就是。"中年男子说："你的《高粱红》写得很好。'高粱红，红似火，红到青山下，红到呼兰河'……""您是哪一位？"答曰："我叫陆伟然，编过你的诗。"一位大报编辑，一位小县城的普通作者，两双手紧紧地握在了一起。这就是那个年代的编辑和作者。

这次到绥化地区参加作代会的，有刘铁民这样的老作者，还有陆先生发现培养的诸多新作者，这些人中，有的创作小有成就，还有的已在全国崭露头角。无疑，陆先生是《百花园》中的园丁，大家公认的伯乐。我不能算是千里马，但我要由衷感谢扶持我走上文学之路的老师陆伟然先生。

1999 年 5 月 20 日

在希望的田野上

——记词作家晓光

窗外瑞雪飞扬，室内春意盎然。松花江畔的友谊宫，黑龙江省第四届文代会、作代会在这里隆重召开。主席台上，省五大班子的领导在前排就座，在省委书记徐有芳的身边，端坐着一位文静的中年人，他，就是专程从北京来参加我省文联、作协"两代会"的中国文联书记处书记陈晓光。

提起陈晓光的名字，人们可能不太熟悉，可提起著名词作家晓光，定然会说出由他创作，后由远征和彭丽媛唱遍全国的《在希望的田野上》这首歌。此歌曾荣获 1986 年全国当代青年喜爱的歌曲奖，1988 年新时期十年优秀歌曲奖。他创作的《那就是我》《采蘑菇的小姑娘》等，亦深受广大歌迷喜爱；而他写的另一首歌《光荣属于亚细亚》，被亚奥理事会选为永久性会歌。

晓光是河北景县人，《词刊》主编，中国音乐文学会副会长。那一年，乔羽、张士燮、晓光、王酩、凯传、钟立民、郭成志等

29

著名词曲作家在兴城相聚，我同他们在一起生活了几天，大家讨论歌曲，畅叙友情，过得十分愉快。当时，我的一首歌《勒勒车》由佟铁鑫演唱，录入盒式带，几家电台选为每周一歌，尽管如此，我仍想将这首歌词在《词刊》上发表一下，就和晓光讲了。晓光看过后，犹豫再三，终未刊出。对此事我一直耿耿于怀，现在一看，未发表值得庆幸，因为实在不是上乘之作。

去年秋季，成立中国林业文联，晓光代表中国文联到会祝贺，我们在北京丰台见了一面。一年之后，我们又在哈尔滨见面了。他风趣地说，都是开文学艺术会，去年是徐有芳部长讲话，今年却是徐有芳书记讲话了，这就叫不解之缘！

我和晓光在友谊宫前厅交谈，黑龙江省著名词作家王德（《我爱你，塞北的雪》《北大荒人的歌》的词作者）走了过来，说及我在《黑龙江日报》上写王酩的散文，突然，晓光脸色骤变，心情沉重地说，王酩昨天去世了。中午的班机，他要赶回京参加追悼会。大家都说，未曾料到，这篇写王酩的文章竟成了送王酩的祭文。

作为全国政协委员的晓光，曾视察过黑龙江省牡丹江林区，对大森林充满无限深情。我邀请他去看一看红松的故乡："小兴安岭的山，雷打不碎，汤旺河的水，百折不回。"他接着吟诵："咱们活它百岁，干它百岁！"晓光欣然接受邀请，并背诵著名诗人郭小川的诗句，神情那么专注认真。我们有理由相信，届时，他一定会创作出一首或几首讴歌黑土地、讴歌大森林的力作！

1997 年 12 月 12 日

从冰雪中提炼春天

——访冰雪山水画创始人于志学

迎春花、榆叶梅怒放京城的时节，《北京晚报》每天以一个整版的篇幅，连载我国冰雪山水画走过的四十六年历程，通栏标题为《开宗立派，炼石补天——于志学》。

于志学先生是冰雪山水画的创始人，是我最为敬重的当代画家之一。令人难以置信，就是这样一位大画家，几乎没有进过书斋，从苦难的童年始，孜孜不倦，上下求索，挫折、磨难、牺牲伴随他大半生。当生活把他肆意掠夺一番之后，才将终成大业的桂冠赠给他。

一个双休日的傍晚，我走进于志学先生在北京的寓所。先生穿着一件半旧短衫，一条睡裤，正在画室挥毫泼墨。见到我这个来自黑龙江的老乡，喜形于色，放下画笔，兴奋地向我一一介绍他画室的"文房四宝"——电动画板、卷筒画案、升降机、地跑车。他不无打趣地说，中国革命是农民革命，我这个农民率先革命——现代化了！那神情，哪里看得出是一位年逾古稀的老者，分明是一个天真烂漫的孩童。

于先生把我让到书房，按在他的转椅上，他搬个小凳坐在对面，我岂敢造次，执意不肯就座。他眯着孩子般的双眼，诚恳地看着我说，按咱们老屯的规矩，来客得上炕里，这椅子就是炕头了。

当坐在这把椅子上的刹那间，我一下子想到，就是这个人，居然一辈子同冰雪打交道，且结下不解之缘。不是吗？少年于志学，冒着"烟炮儿"大雪，从松嫩平原上的一个小村庄，只身一人赴哈尔滨求学；青年时代的于志学，为了体验大兴安岭原始森林冬季的雪貌，掉进茫茫的雪谷，为了感受冰上捕鱼的意境，遭遇狼群的围攻，身陷险境；步入不惑之年，面对"已是悬崖百丈冰"的一次次运动，于志学没有被压垮，他犹如小兴安岭的红松，挺直而坚定，抗击雪剑风刀。而他的冰雪山水画，异彩绽放，以顽强的生命力迎风斗雪，傲然挺立在华夏大地上。绘画的同时，他建园筑馆，如汹涌奔腾的江水百折不回。功夫不负有心人，终于，于志学美术馆和艺术园先后矗立在松花江畔、黄山脚下，成为冰雪山水艺术的神圣殿堂。

面对眼前的于志学先生，我不知访谈从何说起。让我始料不及的是，面对面的交谈，于志学先生竟没有说一句关于冰雪画的话题。我说，于老师，您还是一口东北话，少小离家，乡音未改呀！先生倏地从小凳上站起身来，迫不及待地从书柜里拿出即将问世的一本散文集，像小学生在课堂朗读课文那样，读了起来，读得那么认真，那么专注，饱含深情，一连气给我念了三篇，这中间没有停顿，甚至连水也没喝一口。意味深长的是，这催人泪下的散文，写的皆是风雪中的家乡，风雪中的亲人……故乡，是每个人的生命之根，对故乡的观照，是人类最美好的情感。我强烈地感到，先生的心之家仍在那片乡土。

走出于志学先生的家门，已是夜深时分，然而我却没有一丝倦意。漫步在北京的街头，依依杨柳，习习春风，撩拨起我的万千思绪。一个在风雪乡村诞生的普通农民的儿子，气宇轩昂地走进中国美术的史册，将笔下的春风，吹向西方，吹向世界。我钦佩，先生历尽九九八十一难终成正果；我感慨，先生那颗与冰雪为伴的未泯童心。

冬天，孕育着春天的温暖。于志学先生，用手中那支画笔，从大北方的冰雪中提炼着热情，提炼着春天。

2006 年 6 月 23 日于哈尔滨

书卷画家王子和

新年前夕，我在北京见到一本装帧精美的挂历《红楼梦金陵十二钗》，著名国学大师文怀沙题字，著名红学专家周汝昌题诗，精选原创作品十二幅。这位绘画者，就是大家熟知的黑龙江省画院一级美术师、著名国画家王子和先生。

王子和先生生于1942年，黑龙江人，祖籍山东文登。1961年就读于哈尔滨艺术学院美术系，专攻油画。大学毕业后，醉心油画创作，对西方古典美术及艺术理论多有钻研，继而转向中国画创作。艺术上中西会通的经历，使其创作既有西方美术写实之功力，又具有中国传统艺术之神韵。他喜读书，酷爱古典诗词文赋，书法音乐无不涉猎，被圈内人称之为书卷画家。文史修养的深厚底蕴，使其国画创作意境深远，笔力雄浑，极富书卷气。观他的画，宛若读令人击节的抒情诗，给人以美的享受。他的人物画，多借鉴于古典诗词的名篇佳作，《观沧海》《观荷图》《松下问童子》《国破山河在》《山鬼》以及《红楼梦金陵十二钗》等，皆为其代表作。笔法细腻，神思高远，以自己人生感悟与艺术经验，诠释古人的心灵世界，堪称上乘之作。近年来，他的作品多次在欧美、东南亚展出，多次在加拿大讲学，赴日本访问并举办个人画展，影响广泛，声誉鹊起。

子和先生不仅是一位画家，而且是一位不可多得的书法家。对他的书法作品，中国书协主席、书法大师沈鹏先生评价颇高。文怀沙老先生说，如果打分的话，有的知名书法家，只能给六十分，而我给王子和打九十分。我问子和先生，真人不露相，你何时练就这般武艺？子和一板一眼道，那年，家里墙皮有一处脱落，写一斗方贴将上去，行家见了一番赞赏，遂一写而不可收。"晋人尚韵，唐人尚法，宋人尚意，明人尚态"，我以为，子和先生的书法作品更尚韵味，奔突纵横，张扬个性，我未见他临过帖，却常见他手捧大家书帖仔细端详，用心揣摩，熟记于心，将欧、柳、颜、赵之精华，自然相融，糅进自家。对于他的字，即或不落款，人们一眼便可辨认出来。而对于众多求字者，子和先生从来不轻易下笔，几经斟酌之后，方洋洋洒洒，一气呵成。他曾为一位官员写过一个四尺条幅，官员乍见不悦，称字写得甚好，遣词有待商榷，可是过了不久，这位官员爱不释手，竟装裱好挂在家中墙上，反复诵读，赞赏有加。

我和子和先生的交往缘于文学。那是个双休日，我携新出版的一本散文集，来到王家，想做半日叙谈。进得屋门，被眼前的一幕惊呆了，但见子和先生端坐方凳之上，手操京胡，眯着双眼，正拉京剧曲牌《夜深沉》，那般投入，如醉如痴。电话听筒在身边茶几上放着，似对着麦克风，我以为在录音，悄悄坐在一边聆听。曲毕，他拿起电话问了一句，我拉得如何？话筒里传来一个熟悉的声音，我接过电话，仔细一听，原来是省政协副主席谭方之。方之先生不无认真地说，此公确实拉得好。这支曲子，专修二胡的新毕业的大学生，也未必能拉成这样。只是花了我不少电话费。说罢大笑。放下电话，我戏谑子和先生说，你这个省政协委员，不交提案，却让主席听二胡，师从何人哪？子和一脸天真道，我这也是汇报。那年得了脑血栓后，大夫让我勤活动两只手，弄两个球在手里转，我想莫不如拉琴，胜似转球。没人教，和写字一样，就是看书—揣摩—实践，书是我唯一的老师。面对这位年逾花甲却像个率真顽童的画家，让我想起省内评奖，他的"不合时宜"之举。他是评委，却当着参赛作者的面，一一评点人家的画作，口无遮拦，毫不客气，得罪了许多人。我曾婉转提醒注意场合，他依然故我，恐怕是"童言无忌"使然。我单刀直入对子和说，不少人都说你骄傲，领导也不放在眼里。子和一本正经分辩道，差矣！我哪敢骄傲，只不过是争取平等，评画有啥说啥，我是争取自由。当我问及他的一幅六尺整纸国画在北京被四十万元价格售出，购画人是看中先生的名气还是看中作品，子和先生摆了一下手，示意打住，然后引用唐朝诗人李商隐的两句诗回答我：此情可待成追忆，只是当时已惘然。我不知他想表达什么，但见那高大的身躯伫立窗前，双眉蹙起一道山谷，凝视远方。那一刻，我蓦然想起杰克·麦纳说过的话："一个人的名誉是别人对他的看法，他的个性才是他真正的面目。"生于斯长于斯的王子和先生，就是"这一个"——一个有着鲜明个性的书卷画家。

2005 年 12 月 27 日

我说范震威

　　一般来说，诗人、作家很少成为学者；反之，学者也很少是作家、诗人。而范震威先生是个例外。他最先以诗名世，同时兼搞随笔、散文创作，但翘楚文坛的当是学术研究和报告文学。近几年来，他两手硬，一手为众多诗人、作家撰序言写书评；一手推出多部大部头作品，这就是《李白的身世、婚姻与家庭》《燕园风雨四十年——严家炎评传》（范震威、吴宝三合著）和《松花江传》《辽河传》等。作品相继问世，反响强烈，评家蜂起，一片叫好。洋洋百万言的长篇巨制，是震威先生退休后的产品，且越写越好，不可谓不是一个奇迹。

　　笔者和震威是多年的老友，过从甚密。我写北大教授的人物系列散文，就是在他的鼓动、鞭策下一发而不可收。结集成《未名湖岁月》，他亲自操刀撰写了序言。这部书由北大出版社出版，2001 年荣获黑龙江省文艺精品工程奖，与其倾注的心血是分不开的。我担任《北方文学》主编期间，请他出山，友情出演，帮我编发了不少名家新作，为刊物增添了许多亮色。

为写《松花江传》，震威从源头起，沿着这条大江走了一个全程，白山黑水留下他采访的身影，足迹踏遍东北三省，尽管苦头吃尽，心里却觉得分外踏实。他怀揣一个信念，对历史负责，对得起读者，不做"克里空"（虚假，耍花招）。

我参与了《燕园风雨四十年——严家炎评传》的创作，亲眼看见他如同上班一样，每天跑图书馆、跑新华书店、跑报刊门市部，脚步匆匆，像年轻人一样不知疲倦，积累了大量的第一手资料。特别是赴京采访传主严家炎教授的那些日子，至今仍然历历在目。

那是一个盛夏，我同震威来到北京，住在林业大学一个临街宾馆里。每天乘公共汽车，往返穿梭于北京林业大学和北京大学之间。采访是在严教授家中进行的，打开录音机，一谈就是大半天。带去的磁带用完了，震威等不及去买，打开笔记本做记录，他听得那么专注，记得飞快，只听笔尖沙沙作响，一记就是几个小时，竟没有一丝倦意，完全不像一个年过花甲的老者。我看他太累了，用篮球场上叫停的手势比画暂停，喝口水再记。他咕嘟咕嘟喝了几口，对我说："暂停时间到，继续谈！"就这样，采访了一周。一向不苟言笑的严教授开玩笑道，可以授予范先生精力过盛奖。

一日中午，我俩风尘仆仆回到住地，在林大上学的女儿来看我们，因鞍马劳顿，我靠在床头睡着了。朦胧中，听见震威先生同我女儿神聊，天南地北，聊得十分投机，从琼瑶到小燕子，从英超、温网到莱斯佩斯皮鞋……我坐起身来，女儿说范伯伯活脱脱一个年轻人哪！这顿时让我想起，不久前他给一位草原诗人写的一篇评论，题目是《洞穿草浪的风雨与激情》，写得青春亮丽，很难让人相信，这文章竟出自一位老作家之手。

我是带着工作任务来北京的，采访是洗脸摩挲胡子——一过二手。震威对我说："你来这儿处理单位经济纠纷，主要领导出差，哪能不跟个人。这样吧，我年纪比你大，当秘书不大合适，临时给你当个办公室主任吧。"于是，他真的扮演起主任的角色，一天到晚跟着我东奔西走。事情最终圆满解决，对方在饭店宴请我俩，震威本不能喝酒，为了保护我这个"领导"，恪尽职守，居然和人家喝了五瓶（二两装）牛栏山二锅头。对方领导颇受感动，一再向我建议，范主任这样的干部，有青春活力，别看年龄大点，该用就用！说得我俩哈哈大笑，笑得在座的人丈二和尚摸不着头脑。在回哈尔滨的列车上，震威哼唱起流行歌曲，毫不掩饰北京之行采访、办事双丰收带来的快乐。

进入写作，震威先生用小刀削好几支铅笔，不用稿纸，在A4的白纸上刷刷点点写将起来。我敢说，在我认识的所有作家之中，用铅笔在白纸上写作的恐怕仅此一人。我不知道这是他的写作习惯，还是童心使然。写累了，他从楼上的书房走到街口，在地摊看下棋。有一次，我去找他，见他手里拎着一个十多斤重的西瓜观战，一会儿看看这边，一会儿看看那边，那神情，像一个天真烂漫的孩童。

人们说，范震威先生宝刀不老，文学之树常绿；我说他，著述宏富，崇尚道家"天乐"，越写越年轻！

2005 年 7 月 30 日

默默终生做"嫁衣"

——鲁秀珍编辑生涯四十年

现实生活中，人们看重的是作家，编辑往往不为人注意，尤其是在五六十年代，编辑是不署名的。我要写的就是从 1952 年就干起这"无名"的职业——编辑，自此"从一而终"直到 1991年退休的人，这就是鲁秀珍。

当第一次拿红笔改稿时，梳着两根粗辫子的她才十六周岁。1990 年在《北方文学》评上编审的她本可以干到六十岁，为倒出仅有的一个编审名额，她主动提前三年退休……而当《北方文学》2000 年出"创刊五十周年纪念金刊"时，鲁秀珍已退休十年了。然而，在《我与北方文学》专栏里，众多作者都记着这个"无名"的人，而且心存感激地记着……这些赞语不是编辑部让他们写的，他们也不必奉承已是前副主编的鲁秀珍——他们本身已是全国性刊物的主编、全国一流的青年作家了！还有已故的以及年老封笔不善表达的作者对她的谢意亦是"尽在不言中"的。

这就引起了我研究的兴趣。以前我和她有过一些接触，最近又访问了几位"知情人"，看过以前一些报刊上介绍她的文章，特别是几位堪称当代著名青年作家的回忆文章，使我对我的这位同行和前任，有了较全面和立体的了解。

　　有名的作家如此记着无名的编辑，不仅对鲁秀珍是个慰藉，也是对我们编辑这个行当的肯定。肖复兴现任《人民文学》副主编，著作硕果累累，可他念念不忘的是他的第一个"青苹果"——处女作《照相》的发表。那是1972年的冬天，他正在北大荒三江平原一个荒僻的大兴岛上喂猪。他回北京探亲，赶上风雪天，从他所在生产连队，要一天乘坐在像摇煤球一样的敞篷车里，呕吐了好几次才到他们的师部，搭乘半天的汽车，到达毗邻的富锦县，然后还得乘上近一天的汽车，经过路途迢迢颠簸不平的公路，才能到达佳木斯，终于换乘到渴望已久的绿色火车。他绝没想到，几乎是同时，这位中年女编辑鲁秀珍正从哈尔滨来到佳木斯要去他所在的大兴岛，也要车换车，也要"被摇煤球"，也要顶风冒雪……只为了和他面谈他发在《兵团战士》报的小稿《照相》的修改意见。肖复兴一想到鲁大姐也尝到了这个滋味就不过意。肖复兴多次提起此事此景："我总是想起那一年风雪弥漫的冬天，她走在通往我们北大荒偏僻连队土路上的情景，我总觉得那是一幅永不褪色的版画。很想请驰名的北大荒版画家刻一幅这样的版画，那将是我青春的留念。我是从她那里走上了文学小路的。那篇发在《黑龙江文艺》（《北方文学》前身）的《照相》只占两个页码，却能让我想象出许多。在那个冬天，在那个

43

北方，有风雪的呼啸，有灯光的闪烁，有遥远的呼唤，有温馨的寄托。"肖复兴特地以《她在北国的风雪里》做题目，为鲁秀珍写了篇报告文学，发在《中国妇女》杂志上。

如说肖复兴是从个人感受来写鲁秀珍的话，那么梁晓声则把个人感受和理论研究结合起来谈这个编辑了。他是这样说的，三十年前，那时代表《黑龙江文艺》去到北大荒各师团，对我们一些热爱文学的北大荒知青的创作予以热情关注的，是编辑鲁秀珍同志，我们都尊称她为鲁老师。那时她才四十多岁，而我们呢，才二十多岁。人生苦短，真是人生苦短啊！如今我们的年龄，都远远超过了她那时的年龄。而她早已退休了。当年我们热爱文学的北大荒知青，谁不梦想能在《黑龙江文艺》发表一篇小说、散文或一首诗呢？我们都理解，这也是当年鲁秀珍老师经常去北大荒的良苦用心啊！但当时的文学禁忌多多，审稿的标准严之又严，所以我们的梦想，也就一直是梦想。我们创作的执着，却没有松懈过。当年鲁秀珍老师特别感动于我们这一点。作为编辑，她因我们执着而尤其喜爱我们。她和我们中许多人，当然也包括我，建立了良好的友情……说到这，梁晓声从理论高度上阐述道："《黑龙江文艺》恢复刊名为《北方文学》后，中国新时期文学崭新的一页也赫然地翻开了。而黑龙江生产建设兵团解体了，一些热爱文学的知青，皆随大返城的潮流回到了城市。这时提为副主编的鲁秀珍老师，带领编辑们又经常到北京、上海、杭州，到一切有当年北大荒知青落脚的城市，为新时期文学的繁荣，向我们组稿。那时我已经由上海复旦大学中文系分配到北京电影制片厂。我的获奖小说《这是一片神奇的土地》便是《北方文学》热忱约稿的产物。"梁晓声强调说："《北方文学》在头条位置上发表它，是冒着相当大的风险的。'文革'文学的种种禁忌虽然已开始解冻，但不过是逐渐解冻，十年坚冰，还未彻底化成文学的春水。与我同时获奖的还有黑龙江省小煤窑矿工孙少山的《八百米深处》。一个省级刊物在一个年度里有两篇短篇小说获全国大奖，令全国文学期刊刮目相看！"梁晓声是从繁荣新时期文学成果上，肯定鲁秀珍的编辑作用。

下面，顺理成章该谈鲁秀珍对孙少山的发现与辅导了。

鲁秀珍曾兼任牡丹江地区责编，看稿时发现来稿《燃烧》不错，写人们的"窝里斗"如煤矿里的煤自燃，白白地消耗了热力。看完才注意到他本身就是挖煤的矿工，这稿是他生活中有感而发啊！后来得知他不是在国家煤矿，是在社员都不肯干的东宁一个小煤窑，活累不说，还有生命危险。这年夏天，鲁秀珍主持办小说班，为请哈尔滨作家、大学老师讲课方便，地点选在松花江畔青年宫；《北方文学》领导也有意让农村、基层、工矿作者来江边休息一下。可是孙少山却问："这儿，怎么这么多的闲人?!"听见的人都笑了。鲁秀珍笑不出来。她知道此次来哈坐火车是孙少山平生第一次买票。当年他从山东怀揣五元钱路经几千里，到东宁还是五元钱——他是挂车来的，被撵下来，下一趟再挂……他此次来回路费食宿都由编辑部实报实销。这样的苦经历，感受当然与众不同。在座谈创作体会时，鲁秀珍引他谈谈《燃烧》的生活原型，他口拙说不出什么大道理，但也说了站住脚的不易——不打不相识，过后才发现矿上并非都是冷面，在生死关头，矿工的胸襟和气魄，感天动地。此次小说班的学习、讨论，引发他回去写了《八百米深处》。寄来，鲁秀珍看了非常兴奋，文中矿工的生死与共写得令人震撼，生活气息浓烈，手法上也不落套，只是结构不够完好。鲁秀珍提出些意见请他改，结尾也请他再加以引申。修改后发在我刊头条，在全国引起了轰动，被《小说选刊》等几家选载，并由美国出了中英文对照的单行本。1982年和梁晓声的《这是一片神奇的土地》同获全国短篇小说奖，使《北方文学》在全国刊物中名声大震。

鲁秀珍之所以能如此敬业，是她五十年代编辑作风的延续。

她1951年因家困辍学，因为在中学征文得过二等奖，被学校推荐到哈尔滨市文联管图书，转年她被提为编辑。当时刊物叫《哈尔滨文艺宣传材料》，登的是曲艺、二人转什么的，每个编辑分一种文艺形式，每一个编辑辅导一个工人写作小组。当时没有编辑、助理编辑之分，不论岁数大小都干一样的活。她是山东人要了山东快书，找来山东快书开山祖高元钧的《武松打虎》《鲁达除霸》等段子，拆开、组装、分析、研究，找出写作规律，编了《山东快书写作参考》发给作者。讲课时还用山东口音说快书，只是得背过脸去说——面对面不好意思，毕竟小，小一般作者十多岁甚至二十多岁哩。她小，但工作极认真，对来稿她都回信或面谈，稿子如有修改基础就要谈几遍了，作者们都喜欢和尊敬这个小编辑。

1957年省市文联合并，鲁秀珍被"并"到省文联《黑龙江文艺》当专管小说的编辑之一。五十年代文坛以工农为主体，因此辅导工农作者就是编辑的第一位工作了。鲁秀珍是把编辑工作做到稿子形成之前，辅导的场所是田间、炕头和机床旁。她说工农作者身在生活中，不一定知道哪些生活是为文学所需要的，甚至可能把好的东西丢掉。在表现生活时如何写出人的脾气秉性、语言特色，都需具体指点。尤其农民作者文化低，她说更要参与到里面和他们一起做。

她的做法是先听农民讲身边发生的事。双城五家子老农民高凤阁讲了一个垫道的事儿。说的是春天烂道的时候，大队拉砖的车进村时陷住了，拉车的老少爷们儿急得怎么拽、怎么推也不行。这时一个小伙子脱下棉袄垫在车轮底下，大家见了纷纷解扣脱棉袄。只有个中年人，犹犹豫豫。最后大家连推带拉车子进了村。鲁秀珍首先请高凤阁把犹犹豫豫的中年人细写，写他怎么慢吞吞脱，怎么瞅准时机，把衣服垫在中间，下边不沾泥，上边车轮子的泥点子也轧不上。再是请他细写车子进村后人们的反响：当大家拾起垫道的衣服穿时，村里人凭着衣服上泥点子多少来"论功行赏"了。此时，写取巧的人抬不起头来了。三是在褒扬垫道衣服上她建议把泥点子和奖章联想在一起，这样含意深刻又有形象感了。鲁秀珍特别珍惜农民的语言，在老农讲时她笔录下来，比如在说身边事儿时，高凤阁对她这样讲的："俗话说'春分地皮干'，的确，正翻浆的道，叫春风一吹，很快就干出道眼来了。人们说这才叫'勒马等道干'。"她请高凤阁写时就用这原汁原味的农民话开头……文章千余字，在我刊发表后，反响很大。被中国作协主席茅盾评为全国"一鸣惊人的小小说"十篇之首，被译成几国文字介绍到国外。老农高凤阁被选为省作协理事。

被鲁秀珍辅导的还有牡丹江市家庭妇女陈桂珍的作品，一个《钟声》响遍国内外，由六十年代初期响起，直至四十年后人们犹感余音在耳。那时，编辑部得知这个家庭妇女写了话剧《家务事》在东北会演时得了大奖，于是叫她去组篇小说发在三月"女作者专号"上。鲁秀珍下了火车找到她家，一唠到素材上，鲁很失望，多是家属之间"鸡飞跳墙"的琐事。也难怪，她被推选为家属委员，谈这些很自然。但，写小说没意思，而且净是过程，没感情色彩。这时天色已晚，该做晚饭了。她刷锅做饭，鲁秀珍帮她择芹菜。边做边拉起了家常话，什么锅碗瓢盆、大孩小孩，陈桂珍顺嘴就夸起她丈夫——火车司机老于来，夸他心疼她，休班帮她哄孩子、干家务，夸他出车回来未进站先敲钟（那时没有汽笛）。那是敲给她听的，她家离火车站近。在众多钟声中，她能分辨出哪个是她丈夫敲的，他有自己的敲法。陈桂珍说她和老于是"先结婚后恋爱"，而且是"很革命"的：作为地下党的丈夫老于，硬是把她从封建婆婆眼皮底下领出来，参加斗地主、"支前"活动什么的。但，当时尚未公开，党内活动不能让她参加又不能对她明说，晚上老于只好借故出去。日子长了，引起了她一些误会，更因婆婆说"好汉娶九妻"使她很苦恼，但她还是积极参加了通知她参加的活动。她明白真相是在她表现突出也入了党时，因"夫妻"加"同志"，两人就格外恩爱了。这就是她的"先结婚后恋爱"。

她说得非常投入，淘米忘了下锅，手停嘴不停，神采飞扬，满脸是笑。这时，鲁秀珍心一动："就让她写这个！"饭后，她帮着收拾碗筷，陈桂珍提早打发孩子们洗脚睡觉。之后，她俩专门就小说稿话题谈了起来。陈说她没写过小说，鲁说："你和老于的生活就是小说——自传体小说，就用你口述，这叫第一人称写法，别害怕，我帮你。你把刚才说的再细说一遍，我不嫌啰唆，要全记下来，然后帮你'择'，就像刚才择芹菜，留下有用的。"就这样，三天两宿在"记"的基础上，鲁秀珍先"择"一遍，请陈自己再加加减减一遍，之后鲁又在文字上逐字推敲一遍，最后定以"钟声"为题，并用钟声前后呼应而成。小说在1963年三月号"女作者专号"发出，立即得到各方好评。《人民文学》破例转载，外文出版社用日、朝、越、印尼文介绍到国外，又被选入全国《新人新作》中。陈桂珍作为青年创作积极分子，参加了中国作协召开的作家代表大会，受到了周扬等领导单独接见……顺便提一句，这篇小说发表时关于署名，省作协有老同志说："起码应算是与小鲁合作。"言下之意陈桂珍根本不会写小说。鲁秀珍听了很奇怪，怎么能把自己名也署上？"那是我在尽编辑的责任啊！"接着，鲁秀珍夸起陈桂珍形象感如何强，生活细节如何丰富来……

辅导过老农、家庭妇女的鲁秀珍，对青年作者更关注。她看见《牡丹江日报》报道回乡青年刘柏生第一次当队长的简讯，便直接去他所在的大队。当时刘正在地里，鲁秀珍就和他坐在垄台上谈起稿来，请他详谈第一次当队长遇到的种种趣事、难事。因为什么都是"第一次"，讲得活鲜、自然。鲁秀珍请他按他讲的写下来。他是高中生，领会快，地头上膝盖当桌子写成提纲，题目就叫《第一次当队长》。稿子（外一篇）交来，她又改了一遍，发于1964年九月号。《人民文学》同年十一月头题转载，同时发了刘白羽的推荐文章《写在两篇小说前面》，在全国影响很大。不久，刘白羽到牡丹江市镜泊湖时，特地去刘柏生家看他。刘白羽是当代大作家，又是中国作协书记处书记，这样一个大人物，由市里领导陪着，好几辆小车进村去看一个农民青年，这还了得?! 可把刘柏生的妻子吓坏了，农家女哪见过这阵势，吓得躲了起来，一时传为笑谈。这个高中生刘柏生创作有后劲，又有一定的领导才干，被市委任命为市文联主席和刊物的主编，直干到退休。

对基层干部的作者，鲁秀珍就到基层辅导。她乘半夜到八面通的火车，去看刊发过好几篇小说却未见面的作者王立纯。而这个山沟林区里的王立纯是第一次见省里编辑。事后他这样写与鲁秀珍见面的心情："我是怀着无限的敬意和她保持书信联系的，没有她的扶持，我将更久地徘徊在文学殿堂之外。""我认为一本刊物是人格化的，它往往和具体编辑人员相辉映，譬如说，一提起《北方文学》我总会想起鲁秀珍……""这一回鲁秀珍老师指名要见我，那天我一直处在亢奋和惶恐之中，琢磨着怎样见面才是。1978年那时的风气还很纯正，我不知道还有什么能表达自己的心意，一不小心就落入别人的窠臼，选了一个挺不错的塑料皮的笔记本做礼物，上写一首歪诗："请缨看钩事已昔，寸笔叨承说项斯。身是山间春前草，一风一雨自感知。"……在二十年后的"《北方文学》创刊五十周年纪念金刊"上，王立纯就是以"一风一雨自感知"为题写他与鲁秀珍及其他编辑接触的感言。他现为专业作家，著作甚丰，且有个性，多次被各个选刊转载，他的《庆典》入围茅盾文学奖。至今，与退休多年的鲁秀珍仍保持着密切的联系。鲁秀珍要他电脑传来他的作品看看，在回复他的电子邮件上，鲁秀珍这样写道："可惜再不能当你的编辑，但能当你作品的读者也很欣慰。"

在任《北方文学》副主编时，她对作者的辅导，就采取和编辑一起办小说班的方式了，而且每个班各有侧重。譬如"四人帮"刚倒台，在林口办的班就结合茹志鹃的《百合花》《剪辑错了的故事》，来谈思想与手法的解放，以摆脱"三突出"的毒害。在兴凯湖的小说班上由个人谈创作心得，以孙少山为主。就是这次小说班，使迟子建从大兴安岭里走了出来。当时她还在加格达奇师专念书，责编到学校教研室请老师找迟子建谈稿时，以为是男的，来的却是个女生。不久《北方文学》办班请她来，按公社社员待遇包路费、食宿还有补助。当时的她还是个未见世面的女孩，而从此走向全省，走向全国。她的短篇小说两次获鲁迅文学奖，多部作品被国外翻译。

还应提一笔对"十万官兵转业北大荒"农垦作者的联系和辅导上。二三十年的历史了，一些作者已经故去，就近说一个吧。鲁秀珍在省作协新办刊物《东北作家》任副主编时，还兼管报告文学。东北农垦总局郑加真写的《北大荒移民录——1958年十万官兵拓荒纪实》，原作主题开掘不深，有些事实不敢涉及，思想性不够鲜明，作品个性差。她逐段同郑研究，提出建设性意见，让他思路大开，也增强了勇气和信心，从而做了重大修改。稿成发头条，反响不小。《黑龙江日报》连载，之后由作家出版社出书。此书有重大的史料价值，填补了我国军史上的空白。

如说"编辑是为他人做嫁衣"，鲁秀珍是连"布料"都搭上了。

她看书、看杂志都分类摘记做卡片，如人物、细节、语言卡……在给作者改稿做参考，或退稿谈今后努力做例证。有不少作者把她的信订起来当学习资料保存——她是为作者而学。

她在和作者谈稿子修改时，是把自己的生活体会、观察到的细节都供给作者用——那本是个人的写作素材。

即使业余写点东西，她说写了才能体会作者的甘苦；在写中还能激活想象力，利于给作者改稿时出点子。她认为不"枪毙"错一篇稿并不难，难的是"救活"一个稿。

鲁秀珍是把全部生命都投入到编辑事业中了，而且是心甘情愿地投入。在"文革"后期，待分配的知识分子是不能提出要求的——"臭老九"有个窝就不错了，工宣队把她分到影片公司，她说："到这儿，不用下乡，还能看内部电影，但我当了二十多年文学编辑，有这个能力再干下去！刊物也需要我，我坚决要求回《北方文学》！"工宣队认为依了她就是"给自由主义开了口子"，她不得不转了个大圈子最后才回到了编辑部。她的投入，还带着"壮烈"的色彩：八十年代，上海某大学调她的先生回故乡当教授，她怎么办？她的"根"在北方，可两地分居多有不便，甚至担心会不会影响夫妻感情……但她最终还是决定留下——这里有她的事业。"假如北方没有雪还叫北方吗？假如一个人活着没有事业还有什么意思？"是不是有点"壮烈"？鲁秀珍在《哈尔滨日报》上发了散文《假如北方没有雪》，以此明志，获东北三省副刊征文一等奖。最终，他们夫妻都是在北方干到退休的。

所以说，她当编辑是"从一而终"的，是终生为他人做嫁衣的人！

对这点，同行是有目共睹的。上海《文学报》以《北国的文学园丁》、哈尔滨《新晚报》以《灯下白头人》、北京文艺评论者阎纯德以《北国一秀》等文章介绍她的编辑业绩。《黑龙江艺术》请她去专门讲过编辑工作经验。

在中国作家协会主持的1985—1986年度全国文学评奖中，鲁秀珍获得"全国优秀编辑奖"，给予晋升一级工资奖励。

《黑龙江日报》记者陆少平采访她，文章正题用了她的散文名《假如北方没有雪》，副题为——访全国优秀编辑奖获得者、《东北作家》副主编鲁秀珍。文章是这样开头的："中国有一支庞大的编辑队伍。许多年，那是一支默默无闻的行列。共和国建国以来首次设立全国优秀编辑奖，二十五位编辑获此殊誉，二十五分之一，黑龙江省唯一的一位——鲁秀珍同志。"

当这篇文字接近尾声之时，蓦然想起海涅说过的一句话：

"我不称赞行为，我称赞的是一个人的精神。"鲁秀珍默默终生做"嫁衣"的精神，正是伟大诗人所称赞的，我以为。

2002 年冬

大森林中的作家

我从来没有见过，由作者自行打印尚未出版的书稿，印制装帧得这般精美，书脊平展，边口整齐。在我看来，书的作者应是一位小家碧玉，可是竟出自一位车轴汉子之手，他就是生于斯，长于斯，和大森林神脉相通的诗人刘福仁。

刘福仁先生出版的几部诗集，反响甚好；近几年转道散文创作，数量不多，质量不差。我主编的《北方文学》发过他数篇散文，如写母亲的《第五十三个月亮》，写文友的《寄给白桦林的一封信》等，感情细腻，以文载情。曾任大兴安岭行署副专员，现任省作协副主席的陈修文，不止一次地对我讲，福仁的散文写得相当不错！

真正认识刘福仁先生，是北方一个落雪的初冬。著名森林诗人陈士果英年早逝，我从哈尔滨日夜兼程赶到加格达奇。见到福仁，我大吃一惊，他面色憔悴，形容枯槁，一天到晚不吃不喝，为士果守灵寸步不离。"一千次地呼喊，一万遍地召唤，士果啊，你在哪里?"他"疯疯癫癫地在寻找",为突然离去的老友,几近到了崩溃的边缘。直到现在,每到清明或士果的忌日,他都写一篇寄给白桦林的信:"满篇的泪水,满篇的思念,像纸钱一样撒向早春的清明节或初冬飘雪的天空。士果,记住,无论你在哪里拾到,都是我的心,我的泪,我的情!"

我惊奇地发现,省内外所有作家,打来电话,只谈文学不谈其他的,唯有刘福仁先生一人,就是春节期间长途电话拜年亦不例外。

甲申年正月的一个晚上,刘福仁先生从北京打来电话,只说了一句拜年话,话题就直奔文学。先说他居住的大运河畔,是刘绍棠的故乡,梦中依稀可闻大运河的桨声,之后又说当年曾在这里深入生活,写出《艳阳天》的浩然。我打断他的话头,今晚儿不谈文学,福仁戛然打住,说起除夕在北京见到黑龙江的诗人了,又论起诗歌来,似大运河的流水,滔滔不断,我竟无法插话,洗耳恭听了半个小时。

记得刘福仁先生写过一篇名叫"狗儿"的散文,给我留下极为深刻的印象。他本不愿意养宠物,脏兮兮的,脱毛沾得到处都是,汪汪乱叫,令人心烦,然而时间不长,他却和小狗儿成了朋友。每日灯下写作,小狗儿趴在桌上目不转睛地望着,主人静静地写,它一动不动地看,主人站起身来有点烦躁,它竟随之叫个不停。一日主人出差远行,夫人抱着小狗到阳台目送,小狗儿一声不响,竟默默流下惜别的泪水,在场的家人无不动容。之后的日子,小狗不再嬉闹玩耍,而是守候在门口,等候主人归来的脚步声。当全家南迁之时，福仁绞尽脑汁，费尽周折，将小狗儿小猫儿一大帮全都悉数带到北京的新居。

刘福仁先生为人、作文离不开一个情字。重亲情，重友情，与宠物相处亦有情。最好的散文听起来就像是面对面地拉家常，为情生文，文贵乎情，他正在为此而不懈努力。刘福仁先生就是这样一个从大森林中走出来的本土作家。

2004 年 5 月 18 日

感觉刘昌顺

在我的林区朋友之中，有当林业局局长的，有当林业局党委书记的，同级职务相互间少有调换，多少年几近一成不变，乃至退休。而既当过党委书记又当过局长，或者说既当过局长又当过党委书记的并不多。现任合江林业分公司党委书记刘昌顺可谓其中一位。我历来以为一把手最好党、政都干过，何也？打个比方说，就像我们业余作者往往不愿意听文艺理论家、评论家讲创作，而愿意听作家讲，因为作家有丰富的创作实践。

我和昌顺相识十年矣。此前，知道他先后在双鸭山林业局和鹤北林业局担任过一把手，后来调到合江林管局任副局长、副书记。他给我的第一印象是，儒雅俊逸，一表人才，谈吐举止不俗，乍看之下不像官员，典型的文质彬彬的知识分子。有谁能够相信，就是这样一位温文尔雅的白面书生，铁面无私，在他主管合江林区森林防火期间，过五关斩六将，撤换了好几个不得力的失职干部，动了真格的，震动一大片，使全区森防工作出现前所未有的新局面，森林火灾降至历史最低点。

1994 年仲春，省森工文联在双鸭山局青山林场召开梁洪才、姜孟之作品研究会，这是林区规模最大的一次文学活动，省内外的著名评论家、作家以及全省林区作者三十多人参加了会议。时为管理局主管书记的刘昌顺，提前和工作人员一道赶到青山林场，对会场、食宿、参观路线以及文艺活动等逐一进行落实。在研讨会上，来自各地的代表对其中某一部作品展开争论，各抒己见，愈演愈烈，发展到钻牛角尖的地步，我作为主持人不知如何收场。这时，昌顺不动声色，拦住一位发言者的话头，平静地说，大家是不是应该有个着眼点？他把"着眼点"三个字说得很重，意在提醒大家，果然，话题很快转了过来，我长长地舒了一口气。

1997 年秋天，省委拟派大兴安岭副专员陈修文担任合江林管局党委书记，总局组织部长屈谦、林管局副书记刘昌顺等去加格达奇迎接。陈书记有些工作还要交代，暂时离不开，对昌顺说，你们回去工作该怎么抓就怎么抓，大胆地干……昌顺回到佳木斯后，按着陈书记的意见对工作进行了部署。有意思的是，事情发生了戏剧性变化：陈书记调任省作家协会副主席，刘昌顺出任管理局党委书记。同志们向昌顺祝贺，他似乎有点不好意思，说了一句"做梦也没想到"。"越陌度阡，枉用相存。契阔谈宴，心念旧恩。"一年前，我动员他到总局物资局当局长，和我搭班子，他十分认真地对我说，五十几岁的人了，这个年龄只能干点力所能及的事，真的不敢有非分之想。

值得提及的是，昌顺所在的完达山林区是我省开发最早的林区之一，当年为国家建设做出过重要贡献。如今所辖四个林业局中，有三个局皆为资源危机、经济危困的小老穷局。经济危困，精神不能危困，更要保护生态，保护森林，这是昌顺多年一直坚持的。

1997年春夏之交，纪实文学《马永顺传》刚刚出版，昌顺打电话给我，称赞这个题材抓得好，这部书很有分量，定会不同凡响。他委派办公室主任专程到省城买书，学习林业英雄马永顺的热潮首先在合江林区掀起。这部书的价值，想不到居然被他言中。1998年6月，马永顺荣获联合国环保五百佳，同年，洪水过后，朱镕基总理在松花江畔接见了马永顺。2000年2月，中共中央宣传部决定宣传马永顺这个重大典型。我被昌顺的政治敏锐性和明确的前瞻性所折服。

欣闻昌顺的《情融绿海》一书即将问世，兴奋之余写下这篇文字致贺，也作为友情的纪念。"我住长江头，君住长江尾，日日思君不见君，共饮长江水……"诵读北宋词人李之仪《卜算子》，东望佳城，请昌顺君接受共饮一江水（松花江），同在大森林并肩作战的老友一份由衷的祝愿！

2000 年 10 月 21 日

老新闻工作者的情怀

——记曹锋先生

金秋时节，从小兴安岭南麓的铁力邮局，分寄到全国各地一千多册散发着松脂芳香的书——《我怎样当通讯员》，收件人大多是各省、市、县林区的通讯员。

这本书的作者曹锋，是一名老新闻工作者，我的老朋友，曾在黑龙江省铁力林业局做过企业报编辑、广播站站长、广播电视科科长。他去年退休，写了这本书，自费出版，赠送给《中国林业报》的通讯员。当有人问他："何故如此？"曹锋不无风趣地回答："我是向林业老英雄马永顺学的，他造林'还账'，我出书'还情'啊！"

曹锋是名老通讯员，早在1951年就开始给报纸、杂志、电台写稿。在四十多年的漫长岁月中，写了各类新闻稿一千五百多篇，其中多篇在全国和省市获奖。他还是一位业余作家（系黑龙江省作家协会会员），多年来创作了报告文学、小说、散文等近三十万字的作品。他的作品由于不断见诸报端，引起不少青少年对作者的兴趣，常常有人向他请教写作经验。有本地的，也有外地的；有找上门来的，也有写信的。曹锋曾多次向青年通讯员表示，以后一定要把写稿的经验教训写出来，赠送给他们。

四十多年来，曹锋先后报道了五十多位市、省和全国的劳动模范，特别是对林业老英雄马永顺，跟踪报道了三十六年。他写消息、通讯、报告文学、录音报道、电视新闻等四十多篇，从多角度、多侧面宣传了老英雄的先进事迹。去年，还出版了十多万字的纪实文学作品《马永顺的故事》。马永顺退休后造林"还账"，把过去采伐的三万六千多棵树，全部补栽上树苗。曹锋率先在报刊、电台、电视台报道出去，在林区产生了轰动效应。国家林业部部长徐有芳题词，称马永顺是"林业工人的楷模"。黑龙江省委书记岳岐峰上任不久，就看望了马永顺，称赞马永顺造林"还账"是"宝贵的精神财富"。广大林区职工开展了向马永顺学习的活动。

曹锋从报道马永顺造林"还账"中受到启发，想起自己过去曾说过，有时间把写稿的酸甜苦辣写出来，也是欠了青年通讯员一笔"账"。因此，去年他写完《马永顺的故事》之后，立即投入撰写《我怎样当通讯员》，历时四个月，三易其稿。为了表达一个老通讯员的心愿，他决定自费出版这本书，赠送给林区通讯员。他把想法向《中国林业报》领导做了汇报，报社领导非常重视，审阅了书稿，决定以内部刊物《编辑之友》增刊出版。该报总编辑冯泰同志还为该书撰写了序言。

《我怎样当通讯员》一书，共三十三篇，八万多字。书中通过一个个娓娓动听的故事，细腻而生动地总结了曹锋四十多年从事新闻工作的实践和体会，有经验，也有教训。这本书为读者展示了一个新闻工作者的真实形象，同时也向初学写稿的年轻人解答了一个问题：怎样当好通讯员。冯泰同志在序言中，称赞曹锋是"广大青年通讯员学习的榜样"，对这位老新闻工作者致以深深的敬意。

老骥伏枥，志在千里。曹锋先生年过花甲，在小兴安岭一个最危困的林业局，几十年如一日笔耕不辍，这种精神实在难能可贵！

1994 年 10 月

播种绿色的太阳

——序《绿太阳》

　　屈谦、舒荣的歌词集《绿太阳》摆在我的案头，一页页读下去，令我心潮起落，无法不让其伴我度过一个不眠之夜。

　　九十年代初，我从兴城林业疗养院调到森工总局，便结识了这位神交已久时任教育局局长的大秀才。几年后，他荣升为省森林工业管理干部学院的院长。我们是同龄人，经历了所有同龄人的共同磨难。论年龄，他是老弟，然而，我却把他视为长兄，从相识到相知，或许是心有灵犀的缘故吧。

　　甚有意思的是，在我主持总局党委宣传部工作之后，接替我这个位子的人，竟是位副厅级干部，此人便是屈谦。这样的安排，对我是一个安慰，尽管我未能继续主持下去，至少觉得面子有几分光彩；对屈谦，则有失公允，但他却不以为然。"有些事情原来不懂/不懂的时候很轻松/轻松的日子太暂短/明白以后感觉很沉重/沉重的日子常回首/回首时发现昨天是个难圆的梦/从梦里走出是清醒/才知道明天有雨更有风。"另一首诗这样写道："人生是一杆秤/最难是称红尘/哪头重哪头轻/费思量呀/越量越失衡/人生是一杆秤/最怕是摆不平/重也罢轻也罢/由它去吧/心静自然平。"由此可见诗人的胸襟、秉性，寥寥数语，明明白白地揭示了引人思索的深刻哲理。如此真情，表达得这般酣畅，这般淋漓尽致。

屈谦担任宣传部长之后，力举我继续兼任《大森林文学》主编。这期间，我们工作联系多了，他将新出版的近四十万字的《林业教育论》送我，读后深感此公深厚的理论功底和对林业教育的独到见解。他频频起草工作报告、领导讲话、经验材料之类的机关应用文，竟有数篇力作被省委、省政府领导批转。他的论文《党建工作生产先进生产力》《党政合力黄金效益》《正确处理国有企业党建工作的六个关系》等在《黑龙江日报》上发表，真知灼见，别开生面，受到理论者关注。一个习惯于逻辑思维的人，和文学创作的形象思维能并行不悖吗？我有几分疑惑。直至读罢这本歌词集，方知两种思维方式亦能做到完美的统一。这很难，令文学圈内的朋友们刮目相看。

现任组织部长的屈谦，吏部官员，身居要职，淡泊如初。有位朋友为他题字："屈以致人，谦而得士。"熟悉他的人，无不称其心地善良，为人真诚，一向有谦虚之美德。"不要说人心隔肚皮/不要说防人之心莫忘记/让我们大家都来做/把心送给你/忘了我自己。"再看这首词："好时行好风/好风化好雨/好雨翩翩来/好花处处开/好事交好运/好运爱好人/好人处处在/好事自然来/

人间自有真情在/真情换真爱/真诚所至金石为开/好事自然来。"
从这样抒写内心独白的大量佳作中,可以窥见诗人忠于职守、甘
于奉献、与人为善的一颗平常心。

文如其人。《绿太阳》收入的一百零八首词,《心在高处》
《难得糊涂》《播种绿色的太阳》的语言,《不需要胭脂的季节》
《我是一条冬天的小河》《我写我》的意境,《爱你的日子没有日
历》《手拉手》的立意(包括构思),都相当可取。仅就这几首
词,足以映现出诗人的情感世界、脉络走向以及气质特征。

"七情六欲人皆有,难灭心中道德灯。"面对缤纷变幻的世
界,诗人抒发的是张扬真善美的爱的情怀;同时,又以敏锐的目
光,洞察大千世界,律己醒世,对时代、对历史、对人生深沉思
索,极富现实性,构成浪漫与现实相结合的美的旋律。这些有益
世道人心之作,无疑会净化人们的灵魂。

清代著名诗论家叶燮在《原诗》中说"诗言志",或传统所
曰"文以载道",虽是老生常谈,重申不无裨益。老一辈革命家,
在战争岁月戎马倥偬之隙,写下那么多气势磅礴的诗词;现代诗
人郭小川写下脍炙人口的《林区三唱》,后人广为传诵,经久不
衰,何也?皆言人民之志,载中国之道矣。屈谦继承和发扬了这
一传统,不论深沉思索,还是浪漫情怀,都没有偏离弘扬主旋
律。他不似领袖在"马上哼成",也不似专业诗人全身心投入,
而是在繁忙的政务之余,或节假日或外出的舟楫中有感所得。这
为业余作者们也树立了一个榜样。

这本集子里的许多歌词,词真意切,自然上口,谱曲即可传

唱开来。同时，我亦想说，有一些词尚需提炼，尤其在炼意上。在修辞上，有的刻意顶真、对仗，而有以辞害意之嫌。清代人况周颐说得再好不过："词太做，嫌琢。太不做，嫌率。"看花容易绣花难，做好真是不容易。

当这篇短文将近尾声之时，晨曦透进窗帘，光明洒在我的写字台上，我不由得长长地舒了一口气。心里默诵"播种绿色的太阳"，眼前叠印出小兴安岭的山涛林浪，为子孙留下绿荫，"我们用忠诚哺育森林的明天"。

舒荣和屈谦都是 1968 年下乡的"老三届"知青，十年的兵团生活，使他们从战友成为伉俪。相似的经历，趋同的性格，相同的理念，共同的志趣，凝聚成"绿太阳"冉冉升起……"丰收果里有你的甘甜，也有我的甘甜；军功章啊有我的一半，也有你的一半。"借用这两句歌词来评价舒荣也许再合适不过，我以为。

是为序。

1999 年元旦于哈尔滨新永和街寓所

书记本色是诗人

——致友人赵千春

拿起这厚厚的诗稿，我的心情既快慰又感慨。一位党委书记，在繁忙的工作中，挤出一点一滴的时间，写下上千首诗词，确属不易；而且写得那样贴切，那样真诚，那样自如。难怪在锦州诗词学会理事会上，德高望重的王鸿业老先生拽着千春的手喃喃地说："古体诗词，今日方兴，希望就在你们身上啊！"

"同怀方论政，至友可谈诗。"这是千春赠我诗中的一句肺腑之言。

1984年春天，我和千春在辽宁兴城相识。我们同在一家疗养院工作，他任党委办公室主任，我任宣传部部长；其后，我主持党委工作，他担任党委副书记兼纪委书记。1990年考察领导班子，我因舞文，他因弄墨而遭非议，但千春并未因此而罢手，这不能不说他对文学艺术的追求是执着的。

说我们俩"舞文弄墨"亦是不无根据的。千春来疗养院之前，在绥棱时就酷爱诗词、书法。他的书法以行草、隶书见长。如今沈山公路途经兴城路段的"兴城南河大桥"六个字，就是由他题写的。他的作品还多次在全国大赛中入选，并在日本、韩国等国展出。

1985 年，千春在我家过春节，除夕之夜，他挥毫为我书写一个巨型横幅，写下我的百行长诗《一棵阔叶树的自述》。我的三个女儿多次提及，老爸的诗只有这首还不错。我想，这倒不是由于诗写得多么好，主要还是千春写在纸上挂在墙上这般操练的结果。

"涸辙之鲋，相濡以沫。"在兴城我们朝夕相处的八个年头里，一杯清茶，一顿神聊，常常聊到万籁俱寂，月上中天。于是，千春以月为题的诗词，给我留下最为深刻的印象：

人未团圆月已圆，

恍如秋水上中天。

宇澄星隐极思渺，

树矮楼高放眼宽。

西去清光明静夜，

东来紫气越重山。

心中明月成诗草，

人海茫茫化风帆。

我的第一本诗集《大海中的月亮》出版之后，千春的咏月诗更时时可见。我们可谓心相通，诗相连。请读一读这首《赏月遇雨》：

中秋游子到天涯，
阅海吟松赏菊花。
难见群星拥北斗，
只听风雨透窗纱。
流萤渔火传佳讯，
激浪清风盼月华。
但愿惊雷震海宇，
一轮照彻万千家。

收入这本集子的二百多首诗词，大都是吟咏感怀之作。大小兴安岭、长城内外，凡他经过的地方，就有他的诗篇，可谓诗同人走，人同诗存。

1996 年中秋时节，我们陪黑龙江省森工总局原党委书记余弘达同志走了几个地方，千春触景生情，随行随记，不到十天，竟有数十首之多。其中我最喜欢的当是《感怀》这首七律：

小驻兴城正适宜，
新秋高韵有相知。
园中芳草当年色，
海上飞舟破浪时。

70

漫步雄关思骏马，

放歌苍岭闻天鸡。

余公豪气今何在？

林染霜花万万枝。

再如另一首七律《长寿山》：

墨佛驻毫长寿峰，

千山献寿各峥嵘。

神医药圣捧幽草，

仙子达人入画屏。

白石层出荆溪转，

云山壁立瀑痕清。

长天一线开新宇，

心上清霄几万重。

在千春创作的大量古体诗词中，写给老领导、老同事、老朋友的诗，为数不少。无论写亲情、乡情还是友情，都写得那么情真意切。这其中，也有赠给我的诗，令我感动不已：

别来转眼几春秋，

相见故交已白头。

小院松藤依旧绿，

萃园花草尚清幽。

几回月下弹心曲，

今日海边叙旧游。

风浪无穷眼前起。

翩翩自在是沙鸥。

我们每次重逢，他都有诗相赠，感慨诉诸笔端，直抒胸臆，但完全有别于只写风花雪月或无病呻吟之作。这说明作者有思想，有信念，有抱负。另一方面，嗅不到那些令人作呕的庸俗吹捧的气味，亦可以看出作品的高雅品位。

王国维曾云："诗词者，物之不得其平而鸣者也。"从古至今，大凡写诗的人，若没有丰富的思想感情，没有激昂奔涌的情绪，诗或词便不复存在，无论旧体诗词还是新体诗或是歌词，无一例外。千春的古体诗词，确是在有感而发的环境中，发自内心的鸣奏。千春写过这样一首五言绝句《蒲公英》：

藏下一腔苦，

逢春日夜生。

黄花吐白絮，

天地任飞腾。

这是他切身的感受和心灵的写照。诗人哪有不自讨苦吃的，然而苦中有乐，其乐无穷。千春常与我谈起苏轼，他敬佩苏轼

"博观而约取，厚积而薄发"的胸怀、才识和灵气。只可惜"才华天分君多占，难怪官程步步艰"（摘自千春《苏东坡》一诗）。千春的学习是很刻苦的，靠自学成为经济学硕士研究生，靠实干成为一名党委书记，靠笔耕不辍成为一名书法家和诗人。然而，这在一些人看来是不合时宜的，千春也不和他们理论。现今，商品经济的大潮冲击着每个人的灵魂，千春的心中和笔底也难免出现层层涟漪。他在《观溪偶得》一诗中写道：

观溪上小桥，

俯首数鱼苗。

忽见群鸭至，

纹开蒲影摇。

这首诗写得多么轻松自然，其思想内涵又是多么深刻。本来，像疗养院这样的单位是静谧清闲的地方，但由于市场经济的冲击，纷至沓来的"群鸭"推开水纹，而水中的"鱼苗"自然会撞得"蒲影"摇动了。他在另一首五言古风中更直截了当地分析经济形势的趋向："商潮吞赤县，金风动秋实。得失反手间，垂纶驾灵犀。浅滩有虾蟹，海阔藏鲸鲵……"甚至写过"春来也望挂冠日，走笔丹青换余钱"的诗句。可见，作为一个清贫的干部，一个清贫的诗人，他似也曾想过"下海"。然而，他毕竟是一个基层单位的党委书记，要同院长一道考虑一千多人的生计，带领三百多职工拼搏。他的诗大多还要为党的事业服务，从集子

73

诸多的注释中，我们不难发现他的许多诗是写给诸多单位领导的，以诗的纽带联结着同疗养院的友谊，其用心何其良苦！

我读的这本诗词集，是千春的第一本诗词合集。我赞成他以年代的顺序遴选些有代表性的作品，这样回顾人生可以较清楚地看到生活的足迹。千春在诗词创作上，还进行了大胆的探索，准备在近年完成《千春百花》《古今人物》《创业行吟》三部力作，力求在古为今用上有一定的突破。尽管时下出书难，我深信经他主观努力和朋友们的帮助，一定会如愿以偿。

1997 年 7 月 25 日夜

杏花消息雨声中

——记陈丛礼先生

　　我和陈丛礼先生是多年的朋友，早就想为其写点什么，铺开稿纸，万千思绪却无从下笔，可能是太了解的缘故吧。

　　我同有官职的作家或诗人交往时，往往习惯称呼其官衔，而对丛礼先生则直呼其名，虽然他的资历比我老，可丛礼说这样最好，感觉亲切。

　　丛礼是大森林的儿子。从上世纪八十年代始，相继担任带岭、铁力、朗乡林业局的主要领导，现任伊春市人大副主任。虽一直身居要职，却低调做人，为人甚是谦虚随和。在大家的眼里，他是一个敬业、勤奋、睿智与宽厚的人。

　　丛礼在朗乡林业局担任局长、党委书记期间，黑龙江省作家协会、中国作家协会创作基地在这里先后挂牌，朗乡因此而名声大噪。每年，全国各地的作家、艺术家纷至沓来，络绎不绝。为此，局里专门成立了接待班子，由林业局办公室主任闫泰友（散文作家）牵头，可丛礼对食宿、车辆、日程安排等还要一一过问，想得十分周到。来这里创作的作家、艺术家提起朗乡，皆赞不绝口。在与作家、艺术家相处的日子里，丛礼勤奋好学，虚心求教，在工作之余潜心于散文创作。他陆续在省内报刊发表散文、随笔百余篇，结集出版散文集三部，终于成为作家，梦想成真。可以说，丛礼是从朗乡走上文学之路的。

小兴安岭的朗乡是个钟灵毓秀、盛产木材亦盛产人才的小镇，一批诗人、作家如鲍雨冰、孙德功、谷世泰、马如营等，都是从这里起步走上文坛的。

我陪学者、作家们去过几次朗乡，每天晚上，这些老朋友在一起喝茶、聊天、侃大山，说起往事时，对那些说过一些错话办过一些错事的故人，时有刻薄之语，而丛礼总是说，金无足赤，人无完人，不能求全责备。有一次，我给大家讲了一个小故事。某市，有位开公交车的司机，因和老婆闹离婚，首发车迟发了半个小时，等车的乘客十分不满，上车后一路上说了许多难听的话，唯有一个中年乘客不断劝慰大家。车忽然停在一座桥边，这位中年乘客忙来到司机跟前，关切地问是不是身体不适。司机说了一句话：要不是你在车上，就把车开进江里去。"这个中年乘客这等宽厚，会不会是陈丛礼呀？"在座的朋友如是说，大家对他的了解程度，可见一斑。

2006 年春节前夕，丛礼先生携他拟出版的新作《记忆履痕》来到舍下，让我为其把把关。当书稿清样出来后，丛礼并不急于排版印刷，执意要带回伊春，"请人再看看，提提意见"。待清样返回，我再次阅读时，发现只有一处改动，将"夜泊"改为"夜宿"，丛礼这种严谨的文风，令我不胜感慨。

丛礼先生是平民官员，亦是一位平民作家。不论是知名作家还是业余作者，许多人都在困难的时候得到过他的帮助，真正意义上的无私帮助。有位文友向我讲过一件小事：一次他在饭店用餐遇见陈主任，两人只点点头打个招呼。待吃罢饭去结账，才知道陈主任已经把账结了。我和丛礼先生从相识到相知，一直是如水的君子之交，是心相通的挚友，几十年来，他帮助过那么多人，这些人不止一次向我说起，而丛礼竟没有向我提起过一句。

杏花消息雨声中。独在异乡的我，望着窗外的春雨，似乎看见缀满枝头的杏花，情不自禁地想起我的老友，远在小兴安岭默默笔耕，硕果累累的散文作家——陈丛礼先生。

2006 年初春于北京

研红、研曹新成果

——《曹雪芹正传》序

吴营洲先生担任《杂文月刊》责编，我是他的作者，一个在石家庄，一个在哈尔滨，神交已久，至今尚未谋面。此间，他编发诸多直面现实、激浊扬清的杂文，给我留下十分深刻的印象，如莫言的《比鬼怪更可怕的是丧尽天良的人》《人一上网就变得无耻》，张勇的《良心是心灵的卫兵》，陈维文的《文人无行，群丑毕现》等。知他是位资深的《红楼梦》研究者，曾出版过《十年辛苦不寻常——曹雪芹别传》（2003 年，香港新风出版社）、《新解〈红楼梦〉》（2015 年，上海华语文学），曾是上海《红楼梦研究辑刊》的"特约撰稿人"。

吴营洲先生是一位对红学研究颇有成果的作家，他所著的《新解〈红楼梦〉》，著名红学家、中国艺术研究院红研所副所长、中国红学会副会长胡文彬先生作序，赞赏有加。他嘱我为这部《曹雪芹正传》写序，我想了想，似乎不大搭界，但我还是应允下来，友情使然。我在电话中告知，序言写毕传给他看一下，出乎意料，他竟说不用看了，你想怎么写就怎么写。我着实领略了其鲜明个性，他对自己这部作品如此自信，可见一斑。

据我所知，吴营洲先生在红学研究方面，有着自己的独到见地，在曹雪芹的人生际遇及《红楼梦》的成书过程方面，也有着自己的独到认识。这本《曹雪芹正传》就是他多年来研红、研曹的最新成果，这本书一经上市，定会引起读者广泛关注。

关于《红楼梦》的研究，众说纷纭，鲁迅先生就曾说过"经学家看见《易》，道学家看见淫，才子看见缠绵……"而对曹雪芹生平及《红楼梦》成书过程的研究，同样是众说纷纭，仅仅是曹雪芹的生年、卒年，就各有三四种之多。但是，历史的真相只有一个，在这种种说法当中，只能有一种是对的，而在目前有关曹雪芹的史料极为匮乏的状况下，我认为，吴营洲先生对曹雪芹人生际遇的描述是最为合情合理的。我也读过好几本关于曹雪芹的传记，我感觉吴营洲这本书，当是最为全面、客观、公正、扎实的。

《曹雪芹正传》采用的是双线并行的叙事结构。一条线是曹雪芹的人生际遇，一条线是《红楼梦》的成书过程，两条线并行不悖，水乳交融。

本书作者是做学问的，亦是知名小说家，我读过他不少小说，写得别开生面，耐人寻味。这本书名为"正传"，既是部非常严肃、严谨的学术著作，又是人们感兴趣的通俗读物，它的每个字都有出处，每个观点都有大量的研究成果做支撑。

吴营洲先生曾经说过一句话："将生命化作文字。"在我读了他的这部书稿后，感觉他正是这样做的。

基于此，我非常看好这本书，向读者郑重推荐。

2017 年 10 月 6 日

岁月如河汇成歌

——序《松涛雪韵》

春节前夕，老友陆永和打来电话，掩饰不住内心的喜悦之情，告诉我齐耘出版了一本诗文集，让我为其写篇序言。以往为人作序，我大都诚惶诚恐推辞一番，而这一回，几乎未假思索，一口应承下来，爽快得连我自己都有几分吃惊。何也？我似乎说不清，或许是情缘使然。

记得是 1992 年仲秋时节，我刚从林业兴城疗养院调到省森工总局不久，永和君约我一起回伊春老家看看。伊春市委副书记魏秉仁特意给我们安排一台日本大吉普，从小兴安岭最高峰的乌伊岭林业局始，一个林业局住一天，途经新青、五营、上甘岭、友好、翠峦……一直驱车到山外的绥化。一路上，永和几次提到时为友好林业局党委副书记的齐耘。我就是从那时知道并认识这个舞文弄墨的友人的。他不仅写诗写随笔，而且写得一手漂亮的钢笔字。

我似乎听人说过，男子起个女子名字，或者女子起个男子名字，大凡都有出息，能成就一番事业。齐耘也不例外。如果我猜想得不错，齐耘当初的名字应是齐云。令人难以置信的是，这位文文静静一心想当诗人的谦谦君子，在大山里度过了半个多世纪，历尽磨难，饱经沧桑。在大讲阶级成分的年代，齐耘家庭出身为中农，父母都是种田的农民，可是，"文革"前学校政治处政审结论是富农，说他隐瞒成分，且有过激言论。可想而知，入团、上大学与其无缘，诗人梦亦如肥皂泡般破灭。高中毕业后，在无电、无书、无文化生活的边远林场，他一干就是十六年。在这漫长的十六年里，不管从事体力劳动还是教书育人，齐耘童心未泯，激情不减，劳动工作之余，写出大量咏叹生活与人生的篇什："和风吹湿南坡松/几朵嫩花将笑红/鸟语人喝忽不见/一叶小舟破冰凌。"（《春感》）"松雪篱笆街前景/讲坛半生两袖风/寒酸未尽逢新政/阳春始暖展鲲鹏/日照蒸蒸铸魂冷/林涛阵阵泛音清/鲁地独解姜兄意/呼唤贫友结伴行。"（《吟昔今》）不难看出，在"已是悬崖百丈冰"的日子里，诗人把自己比作一叶小舟，向冰凌挑战，欲乘风破浪，他已经望见冬之尽头和为期不远的春天。后一首诗作，忆往昔峥嵘岁月，看现在阳春始临，呼唤贫友在冬去春来之际一同结伴奋力向前。在林场或林业局写就的诗篇中，不乏动人之作："春风入怀喜鹊唱/一别数载回故乡/泪眼细看壮年面/不知童颜去何方/刀镰卷土掩书本/风霜雨雪只当墙/但得柳暗花明日/再聚林城诉衷肠。"这首赠弟诗，情切切，意切切，没有沮丧，没有沉沦。面对现实，尤其是在林场生活的十八年，是作者人生之旅的重要历程，也是其诗歌创作的"黄金季节"，这部诗集中反映营林生活的诗篇占相当大的比重，可见对营林情有独钟。齐耘有感即发，直抒胸臆，他用手中的这管笔，捕捉生活的音符，描绘明天的蓝图，点点滴滴表达了对未来的向往与追求。

青山遮不住，毕竟东流去。齐耘奋发图强，实现了自身的人生价值。走上领导岗位后，无论在林业局当组织部长、党委副书记，还是后来担任伊春市纪委副书记，青春焕发，诗如泉涌。随着环境的变化，他的视野开阔了，诗味浓郁了，从北方黑龙江边的嘉荫小城，到南国的海瑞墓、鼓浪屿、妈祖庙……在他的笔下，江河湖海叠印出一幅幅绚丽的画卷。

齐耘从 20 世纪 60 年代开始写诗，可谓起步较早，并有一定的古典诗词功底。跨林海，踏雪原，胸有朝阳，他终于走进他所追求的诗人行列，不单单是纸面上的诗人，而且"在心灵上是一个诗人"（别林斯基语）。亲情和爱情，是一切文学作品最为恒久的主题。齐耘的诗，以一个情字为思想主线，深深地感染着读者。一段时期以来，人们开始青睐这样的诗歌：贴近生活，有真情实感，不故弄玄虚，把古典诗词同民歌完美结合。从其受欢迎的不争事实中，折射出人们对于好的文学作品所产生的情感共振和内心回响。可不可以说，齐耘的诗虽然艺术含量不足，但创作理念应视为一种动向。

严格说来，齐耘的诗达到完美还有一定距离，炼意炼句尚需下些功夫，特别要注重诗的意象美。但如此要求，未免有些苛刻。

当我读罢这本集子的手稿，构思这篇序言如何下笔的时候，突然让我想起一个人和一支歌来。这个人，就是当过知青创作出《蹉跎岁月》的著名作家叶辛；这支歌，就是震颤心灵的《一支难忘的歌》。同是汗水和泪水，同是憧憬和向往，"青春的岁月像条河，岁月的河汇成歌"……齐耘这部集子，当是一支难以忘怀的歌。

新世纪除夕之夜于哈尔滨

走进梁洪才笔下的世界

——序《文海浪花》

时值小雪，阳光依然温暖明媚，这是一个冬天里的春天。

我坐在编辑部的窗前，饶有兴致地翻阅全国各地的来稿，一个格外响亮的声音突然响起，未曾料到，竟是老友梁洪才先生造访。"你从哪里来，我的朋友，好像一只蝴蝶飞进我的窗口……"久违了！两双手紧紧地握在一起。

没有客套，没有寒暄，说罢近几年各自的境况，梁兄开门见山，要我为他的第四本书写序，他说，或许这是他今生今世的最后一本书。我没有推辞，也不可能推辞，朋友好到这个份上，还能说什么呢？可是，我确有几分惶恐，这主儿毕竟是东北亚大森林乃至龙江这块黑土地有影响的名人哪！

梁洪才，20 世纪 60 年代毕业于哈师大中文系，分配到佳木斯合江林管局工作。有大学生文凭从事曲艺表演且有成就的并不多见，据我所知，评书表演艺术家单田芳是一位，梁公亦跻身其列。梁洪才曾和相声大师侯宝林同台演出，深得侯老赏识，佳木斯无人不知这位"佳城笑星"。九十年代初，梁洪才调到省森工总局任林业工会副主席，我们从相识到相知。我和洪才是君子之交淡如水的那种朋友。多年来，他既未请我喝过一杯酒，我亦未上他家串过一次门儿。我担任省森工作协主席期间，曾为他在鹤北林业局召开过作品研讨会，在这次会上，我们在一起谈作品，谈工作，谈人生，成为挚友。1987年，总局在鹤北局举办全省文艺会演，他是组织者，我是评委之一，两人再度在完达山"遭遇"。在"赤日炎炎似火烧"的盛夏，演出的大俱乐部里没有空调，如进蒸笼一般，许多评委不时到门外透透气，唯有一个人在评委席端坐，汗流浃背，全然不顾，左手摇着纸扇，右手握笔记录，此人便是梁洪才。文艺会演进行三天，他忙得一塌糊涂，我们俩住在一个房间里，竟没有侃大山的机会。难怪他退居二线时，总局长邵树云依依不舍，提出要他办完2002年文艺会演之后再采菊南山。主要领导对其的信任和偏爱可见一斑。

1998年我调离森工总局，见面的机会少了。转年春天，洪才打来电话，林业工会在风光秀丽的镜泊湖办了个通讯员学习班，让我去讲讲文学创作。我知道，这个班和文学关系不大，课是为我而设的。盛情难却，我只好遵命了。他先于与会人员去打前站，委托林业报副总编老刚专程陪同，我得以再游阔别十载的镜泊湖。

捧读这本集子的百篇作品，我不能不被他那贴近生活、贴近大众的语言所感染，不能不被一个"情"字所深深打动。不是吗，洪才的语言，具有鲜明的特征和风格，带着作者的艺术个性特征，以小见大，和谐统一，浓抹淡妆，情景交融。而感情是文字的生命，是接受美学的纽带和桥梁。他擅长创作曲艺作品，同时撰写杂文、随笔，让我惊叹的是，他居然写起小说和散文来，而且写得相当不错。正如他自己概括的那样，这本书，"冲出题材和形式的界限，放纵地写我的思想，我的感情，我的追求，我的奋斗，我的友谊，我的人生……"写与相声大师侯宝林相处的日子，写与笑星姜昆的鸿书往来，人物栩栩如生，跃然纸上；《故土难离》《献给母校的敬意》，其情缠绵，催人泪下；而似《德君，就这样走了》《合江林区有个"老佘"》这样的悼念文章，读后不仅仅是感伤，更多的是对百年人生的深层思考。

称洪才是集表演、创作、策划、统筹于一身的复合型人才，或许再恰当不过了。他是"欢乐的使者，洒向人间都是笑"，他"为民求乐，乐在其中，汗水换来春满园"。

最令人称道的是洪才的司仪行当。在他已经出版的三本书中，有两本司仪专著，一本叫《怎样当司仪》，另一本名曰《主持词集锦》。谈及司仪，洪才两眼放光，侃侃而谈，仿佛进入人声鼎沸热闹异常的现场。他对我说，退下来后，没有公务缠身，可以专心致志去当司仪。我开玩笑说，你可日进斗金了。他却极认真道，友情为重，友情为重，为朋友们主持不但不收酬金，还要倒贴！

"赤橙黄绿青蓝紫，谁持彩练当空舞"，这部集子，作者写了时代沧桑美和生活在这片土地上的人情美。可以说，梁洪才的情感世界在这部书中得以淋漓尽致地展现。

2001 年 10 月 16 日于哈尔滨新永和街寓所

难以释怀的故乡情结

——郑德彬先生《乡愁》序

我常常自己发问，身边的朋友也好，同事也罢，如果他们都有故乡，心家是否还在乡土？

乡愁，是人骨子里天生就解不开的情结。岁月留给每个人的，都有别样的乡愁，尤其是步入老年，每每说及乡愁，令许多人潸然泪下。如果一个人不深爱故乡，遑论乡愁。

老友志清君嘱我，说他的好友郑德彬静下心来，写了一些怀念过去家乡老屯儿的故事，出版社拟结集出版，让我帮忙为其写个序言。我爽快地答应了，对这样的题材我是颇感兴趣的。看过郑德彬先生《乡愁》的原稿，对我过去曾经的发问，竟得到了一个令人惊喜的回答，且唤起我的思乡之情，我对这本书的作者不能不刮目相看。

作者是个文学爱好者，早年刚参加工作时，曾有过当作家的梦想和冲动。他说后来冲动了几回，稿件都没有变成文字，更别说实现梦想，一直心有不甘。等到了开始回忆过去的年龄，才拿起笔来，用心用情写了这部老屯儿的故事《乡愁》。用他的话说："我是一个普普通通的凡人，我的乡愁就是想老屯儿，想那里曾经的人儿，曾经的事儿，曾经的味儿。"

老屯儿故事《乡愁》，写的是东北黑土地上的一个小小村落——老屯儿。选取的是屯儿里大苇塘、九间房、老榆树、菜园子、大场院、西大泡子几个特定的场景，把老屯儿在时代变迁中这些地方发生的故事，用通俗朴素的语言，一个个交代得清清楚楚，明明白白。每一个场景中的那事那人那话儿，像一部电影，像一幅画卷，一览无余地呈在你的眼前，留下了不同时代的农村老屯儿的印记。每个故事之间有开有合，联系紧密。这些故事藏在三太爷的花白胡子里，映在九间房的火热建设中；有听自老榆树下的家长里短，有来自菜园子姥爷的温馨瓜棚；还有大场院里的喜悦和失落，西大泡子的欢快与震撼。

尤其是大苇塘的故事风云激荡，映射着中国东北农村的变迁历程。全书以大苇塘开篇，又以大苇塘结尾，把大苇塘发生的事浓墨重彩，凸显作为老屯儿的肇基之地，老屯儿的先辈们拓荒开垦、繁衍生息的勤劳与奋斗，后人们热爱土地、保护自然的坚持和抗争。我们能在这里看到中国农民的勤劳，特别是对于土地的热爱。他们是勤劳善良的，但也有自己的血性和坚持，就像书中王麻子队长一样，为了集体利益，为了保护自然、保护环境去努力；像陈二皮一样，为一个"理"字，像倔驴一样去碰硬较真儿。我们可以从中读出为人的原则，读出奋斗的价值，也更多了一份对先人的敬重。

本书笔下的老屯儿人物众多，有的有名有姓，有的是昵称，有的只是外号。王麻子、张大少、三太爷、"我"姥爷、"我"父亲、陈二皮、田夺儿、二狗子、郝怀义、狗剩儿……每个人物都很鲜活，可亲可爱。他们鲜活中又有厚重，他们勤恳淳朴却不失幽默狡黠。不经意的一句话中，皆隐藏着中国农民朴素的处世哲学，这些道理总在不经意之间让你折服。老话儿里有真金，我想这也是我们读这本书当有的收获。

时代在发展，黑白照片里的故乡老屯儿伴着岁月在渐渐泛黄，乡愁之所以珍贵，必是有情的牵绊。对于每一个离开故乡的人来说，都是不能复制的回忆。我们每个人的故乡，大都是这样一段美好的回忆。希望这本书，能叩开大家记忆的闸门，回到曾经的老屯儿，品一品乡愁。读毕全书，我萌发这样一个念头，想到作者笔下的老屯儿去看看。

"日暮乡关何处是，烟波江上使人愁。"不论故乡的茅屋草舍，还是寻常巷陌，在少小离家的游子看来，那是无与伦比的人间天堂。作者远行千里，怀揣乡愁，心之家无时不在乡土。

2020 年 9 月 2 日

一片真情在深山

——序《寻找失去的秋天》

徐建国的散文集《寻找失去的秋天》即将付梓，校样送到我手上的当晚，我就迫不及待地从头到尾读了一遍。我很兴奋，甚至比我自己有集子出版还要兴奋。

东北亚大森林有一支庞大的文学创作队伍，方正林业局是创作实力最强的一个方面军。大家熟知的有徐国义、胡应之、邓士君、殷新林，而今徐建国又跻身其列。看来，张广才岭不仅盛产优质水曲柳，也盛产作家。有意思的是，这些大森林作家，个个都在重要领导岗位上，这个"方正现象"实在值得研究。

20世纪90年代初，余弘达同志任省森工总局党委书记期间，创办了《大森林文学》，让我出任主编。这之后，方正局接踵而来，创办了文学期刊《山百合》，邓士君让我请余书记题写刊名。当我将余公的墨宝交给士君，并看了创刊号拟发的几篇散文，不禁大吃一惊：徐建国的散文《干妈》竟写得如此之好，这样的作品，很难相信是出自一位基层干部之手。我急于要见见此人。因他工作在偏远林场，虽说交通比以前方便多了，但下趟山亦非易事，所以始终未能见上面。我委托士君编选包括《干妈》在内的一组散文，以《山百合小集》为题，刊发在《大森林文学》1993年第二期上。记得我后来几次向建国约稿，他只邮给我一篇稿子，这就是作为书名的这篇散文《寻找失去的秋天》。显然，这是他的一篇力作，也称得上得意之作。他不肯轻易投稿，不似时下一些作者广种薄收，而是经过长时间积累、沉淀，厚积薄发。这种创作的严谨性和对自己作品的负责态度，于斯可见。

收在这本散文集中的作品，全是短文，只有三十几篇——我曾打电话建议他再增加一些篇什——数量不多，质量不差，客观地说，虽不能说个个都是明珠宝石，却篇篇拿得出手，没有凑合之作。综观全书，建国很看重一个"情"字，无论写亲情、乡情还是友情，以质朴的语言，娓娓道来，写得那么细腻，那么动人。建国对林区太熟悉了，读着他的散文，恍若走进一幅五彩缤纷的画卷，身边响起松涛曲，迎面扑来大森林特有的芬芳气息和阵阵清风。

掩卷沉思，无论是《干妈》，还是《寻找失去的秋天》，都有一个发人深省的主题，那就是保护生态，保护环境，保护人类赖以生存的家园。作者愿干妈这棵老树"健康长寿，您的孩子们将与您共同迎接那令人清醒的春天的早晨"。他警示人们，"天上飞的，水中游的，地上长的，林中跑的，全都快'绝后'了"；他告诫人们，不要"在大自然的报复中毁灭自己，外星球离我们太远、太远了"；他呼吁大森林重振雄风，五花山再现当年！

见到这部书稿之前，我曾和建国见过一面。那是去年冬天的一个下午，我俩在电话中约定在一家宾馆碰头。我赶到那里，在大厅里找来找去，未见其人。出了门，才发现他在大门口前的台阶下已等候多时，耳朵冻得通红。我颇感动，他太真诚太实在了！文如其人，难怪他的作品坦诚自然，如大森林中的溪水那般清澈见底。

这本书是作者多年散文创作的第一个结集，长处易现，不足亦易见。我以为，高明的散文不要更多的技巧，大都写得平淡而意味隽永，极少夹杂议论。建国有些散文，要表现什么，生怕别人看不明白，不时感叹说明，这就显得浅白了。涉及散文创作问题，无作文之法，或许这是一家之谈。

问君能有几多爱，一片真情在深山。我为建国的散文集问世衷心祝贺，期待这位深深扎根于山岭默默耕耘的大森林作家写出更多更好的作品，找回那个"失去的秋天"。

1999 年 9 月 12 日

"羊肠小道"的诱惑

——序《枫山情》

　　李学东、赵有丰合著的《枫山情》出版之际，家乡的老友曹锋嘱我为这本集子写序言，学东亦两次三番说这件事。我不是名人，也从来不敢冒充名人，既然朋友如此看重，不应允怕有失礼之嫌，只好从命为之。

　　我第一次见到作者之一李学东，是在松花江南岸的方正林业局。那一年夏天，省作协在这个局召开文学创作笔会，有省里来的大家，如贾宏图、屈兴岐，有来自各林区的业余作者，加上本地作者，不下三十余人。时为省森工作协主席的我，自然也成了这次笔会的东道主。

　　第一天的会刚开不久，林业局宣传部部长邓士君对我说，外面又来了一位参加笔会的作者，不认识。我出门一看，只见一个农民模样的人，干练利落，站在院子里。瘦瘦的身材，一身顶普通的中山装，背着一个旧书包，汗水顺着黑红的脸膛往下淌。看年纪，少说也有四十好几，他因为没来过方正这个地方，路不熟，坐火车换轮船，走了两天才找到这里。这样的天气，这样的年纪，对文学的追求竟这般执着，我大为感动。一通报姓名，才知此人乃经常给《大森林文学》投稿的李学东。此前我们未见过面，只有书信往来，第一次见面给我的印象是，这是一位可以信赖交往的好人。

我担任《大森林文学》主编七年，在众多作者中，发表学东的稿子算是较多的，粗略计算怕有十几篇，这其中有小说，有散文，也有报告文学。他相当勤奋，每月都有来稿，短稿三两千字，长稿五六千字，很少复写或复印，每篇都写得工工整整。给我印象比较深的小说是《老莫采访记》《今夜无地震》，散文是《尴尬的垂钓》《晨练》《罪志碑前》《夜访西北河》，报告文学是《走出传说的人们》《他扯起了风帆》《决策者的胆识》等等。总的印象是，作者写的是身边的事、身边的人，浓郁的生活气息扑面而来，弥漫阵阵松脂的清芬，用一句土话说，散发的是一股松木油子味。不故弄玄虚，不装腔作势，作品不加任何包装，质朴得如同作者其人。

我知道，学东没有读过大学，也无机缘到文学院校进修，坦率地说，他不能算作很有灵气的那种作者，他是一位扎根在最基层苦苦求索的"笨人"。然而，就是凭着这股笨劲，一篇篇作品见诸报端，从小报到大报，从小刊到大刊，步子愈迈愈大，直至登上他未曾想过的《北方文学》的殿堂。如今，他和有丰又将结集的硕果奉献给广大读者，这不能不令人赞叹。借用一位文友常说的一句口头禅来评价或许更为贴切，那就是："好啊，不容易呀！"

学东现为一家大型国有企业的科级干部。我以为，在业余作者队伍中，当科长以上干部的不会是多数。一边是拥挤的文学创作的"羊肠小道"，一边是小有权力让人刮目相看的科长，二者之间，不知哪个更具诱惑力？李学东给我的回答是前者而不是后者，不由得令我为其击掌。尤其是他工作、创作两不误，深得领导和同人的赞许。

人是要有一点精神的。一位文学创作起步不早，且置身资源危机、经济危困的林业局的业余作者，坚持数年，持之以恒，是何等难能可贵！

"噫吁嚱，危乎高哉！蜀道之难，难于上青天！"我想起大诗人李白的《蜀道难》。深深扎根于生活厚土之中的李学东，和他的文学伙伴——一起著书的赵有丰，正在创作大军拥挤的"羊肠小道"上奋进，无怨无悔，向文学的青天攀登！

1998 年 10 月 19 日夜

大森林风景线的窗口

——序《梦想着，心中那片森林》

　　结识魏芳，缘于她对我的一次采访。十年前，我出任黑龙江省森工作协主席，《黑龙江林业报》派人来采访我。未曾料到的是，来者是一位刚走出大学校门不久的年轻女记者。她文静沉稳，普通话中略带一点南方口音，得知她是学美术的，又是新闻版编辑，当时对她的采访并没在意。谁知文章发表出来了，令我大吃一惊，她竟然懂诗，文字也好，我不得不对其刮目相看。

　　今年4月的一天，魏芳打来电话说，她把近年来发表的稿件结集成一本书，让我作序。这本是名人的差事。可能考虑我是森工战线老文化人了，任务交给了我，这种信任，对我来说是一个不小的感动。

　　这本书的校样从头到尾看了一遍，掩卷沉思，感慨不已。除最后一辑散文外，皆是森工总局的人和事，我不但不陌生，而且相当熟悉。这其中有工人、干部，有专家、学者，亦有作家、艺术家……虽然是新闻稿件，但写得别开生面，干净利落，题目起得也颇有文采。如《锁在深山人未识》《梦想着，心中那片森林》《塑造腾飞的翅膀》《流进大山的民工潮》以及《斩断毒源的黑手》等，将人们普遍认为枯燥乏味的新闻稿写得如此活泼传神，没有较深厚的文学功底是难以做到的。

基于此，我更愿意说一说这部书中的散文。

收入本书的二十三篇散文，写得有真情，有板有眼，细腻至极，没有故弄玄虚之作，是心灵的呼唤。且看《我的生日》中的一段描述："十九岁那年，我到省城上了大学。从此就把生日扔在了家里。离开母亲就离开了自己的生日，再没有人会来关心你曾经哪一天来到人间或是你对于人间的印象如何。就连我自己也在终日的学习和单调的生活中，淡漠了疏忽了对自己生日的兴趣。忽然有一天，发现我手中的饭菜票里夹着一张粉红色的小卡，抽出小卡只见上面用带有金粉的黄颜色写着六个小字：祝你生日快乐！顿时才想起今天的生日，不觉眼眶一热，差点落下泪来。我拿着粉红色的小卡到学校餐饮部领回了一份生日午餐：一碗面条，三个荷包蛋，一小勺肉末。后来才知道，这是学校为每个过生日的学生准备的生日午餐。在那个时候，学校的这份心意足以温暖这些离家苦读的莘莘学子。"再看《笔墨祭》这篇写父女情的文章："我想着一些古怪的事情，妈妈像是对我说又像是自言自语，从明天起不用给爸爸送饭了，他们要被送到新疆去。我的心咯噔一下，突然间被什么东西猛地拽起又重重地摔到了地上，我继续趴在窗前一动不动，心却随着在空中日光下如流星般晃来晃去的小生物飘飞到父亲身边。新疆于我还没有一个完整的概念，是似我居住的小城抑或是别的什么样子，不得而知。我极想即刻能变成一只小虫子安卧在父亲耳边，用我细弱而喋喋不休的絮语温暖父亲即将孤行的心。我知道父亲是不愿意走的，正如我不愿意他离去。"这自述发乎心声，情味交融，多么亲切感人。

魏芳的散文，妙在独特的发现和感受，不论写亲情，写人生，还是写艺术，行文优美简洁，颇具个性。美的发现，视角选择尤为重要，这恐怕与她的美术修养分不开。不是吗？这一篇篇抒情散文，如一幅幅风俗画、风景画、风情画，展现在我们的眼前，又如一束束阳光，给读者诸君心灵带来一片明媚和晴朗。

这篇序言近尾声之时，蓦然想起南宋诗人陈简斋的"客子光阴诗卷里，杏花消息雨声中"这句诗，回望走过的路，大森林使我成为客子，又把我成全为作家。让我惭愧的是，没有写出我的"林业生活"。而魏芳做得好，可谓雏凤清于老凤声，这部书应是一个例证。

2001 年 6 月 4 日夜

改革潮头唱大风

——序《大潮颂》

　　这本书的序言，原本是由非常了解经纬的一位省委领导同志来写的，现在居然把这个任务交给了我。读着这一篇篇文采飞扬充满改革激情和锐意进取精神的文稿，我想起郭沫若写给陈毅的两句诗：一柱天南百战身，将军本色是诗人。可不可以说，作为伊春市委常委、宣传部部长的华经纬，本色当是文人。

　　我和经纬的友情可以追溯到20世纪70年代。其时，我在市委政研室，他在金山屯林业局，后来我调走他调进，同属曾在一个部门工作过的老友。经纬不到三十岁便担任了政研室副主任，记得那年我从辽西兴城回伊春办事，他将在政研室工作过的同事拢在一起，为我这个"天涯沦落人"接风洗尘，令我着实感动了好一阵子。

　　经纬口碑极好，熟悉他的人无不交口称赞。他不仅具有良好的思想品德和踏实的工作作风，而且聪明勤奋，好思考，善观察，乐于钻研，肯于求索。尤其值得称道的是，每当外出考察，他都要写出一到两篇考察报告发表在报刊上，有时甚至人还没到家，考察报告已经写出来了。不少同志就是通过经纬的考察报告才对外面世界有所了解和加深认识的。

多年以来，经纬同志就是以这种高度的使命感和责任感认真对待党的事业和本职工作的。

这次结集出版的《大潮颂》，顾名思义，就是满怀激情歌颂改革开放大潮、社会主义市场经济大潮、有中国特色社会主义建设大潮。读着这些篇章，确有荡气回肠、清新流畅之感。十几万言却涵盖了 80 年代中后期到现在我国改革发展的全过程。从农村到城市，从沿海到沿边，从中原到边陲，从计划经济、商品经济到市场经济，从国有企业到个体私营经济，从农村乡镇到城市社区，从祖国大陆到太平洋彼岸，特别是改革开放大潮中涌现出的一个个先进人物，令人感到生动鲜活。

"社会存在决定人们的意识。"经纬同志写《大潮颂》的过程，大体上与他的工作经历有关。90 年代初期到中期，以写大集市场为主。因为 1992 年经纬同志由市委副秘书长、政研室主任到五营区任党委书记。他解放思想，大胆创新，带领职工群众，在深山的小镇上也办起了"五营大集"，还着实红火了一阵子，最热闹时，千人经商，万人登集，甚至将六省市二十多个县上百名经营者吸引到五营大集做生意。这使大山里的人第一次看到了商品经济和市场经济的威力。经纬是看大集、学大集、写大集、办大集，把市场经济的观念引到大山里。90 年代末期，以写城市社区建设为主。因为 1997 年经纬同志由市委秘书长到市委、市政府所在地的中心区——伊春区任党委书记。他通过外出考察，把抓社区建设作为开创伊春区工作新局面的切入点，并在一个街道办事处搞试验，总结经验，很快在全区推广。就伊春市来说，系统地抓社区建设，是经纬同志在伊春区首开先河的。他和大家一起制定的办法有些至今还在推广沿用。经纬同志看社区、学社区、写社区、建社区，把大都市的观念带到了大山里。

很有意义的是，经纬同志用《解放思想、转变观念是一项长期的战略任务》这篇文章结束这本文集，可见寓意深远。它告诉人们，尽管我国改革开放和现代化建设取得了巨大成就，但在整个建设有中国特色社会主义的历史进程中，只是万里长征才走完了第一步，今后的路更长，任务更艰巨。

一位著作等身的外国大作家，幽默地留给后人六个字："脚要热，头要凉。"经纬腿勤，手勤，头脑冷静，亲历躬行，这本书便是一个例证。我们有理由相信，经纬同志手中的这支笔，在改革开放大潮中定然会采撷更多熠熠闪光的浪花，奉献给献身祖国现代化事业的人们。

2002 年 9 月 13 日

攀登的足迹

——序《漫长的路》

　　曹锋先生的《漫长的路》付梓出版，我由衷地为之高兴。清样放在我的案头，看来写序确乎无法推辞了。究竟写点什么呢？因为和作者太熟了，居然无从下笔，一会儿是一张笑容可掬的脸庞，一会儿是书的封面，像电影叠印镜头一样不停地在我眼前掠过。"路漫漫其修远兮，吾将上下而求索。"给我的第一印象是，曹锋给集子取名《漫长的路》，是否有这个意思，我不敢妄说。

　　我和曹锋先生是老乡，同在小兴安岭南麓的铁力工作过。他在铁力林业局，我在铁力木材干馏厂。曹锋年龄长我一旬，是我的兄长，写文章亦是我的长兄，起步比我要早得多。早在1951年，他就开始给报纸、杂志、电台写稿，在四十多年的漫长岁月中，写了各类新闻稿件一千五百多篇，其中多篇在全国和省市获奖。他将从事新闻工作的实践和体会编成《我怎样当通讯员》一书，自费出版，赠送给《中国林业报》通讯员，令人称道。多年来，他坚持业余文学创作，既写散文、小说，也写报告文学，1993 年出版了报告文学作品《马永顺的故事》，在社会上引起强烈反响。同年，被黑龙江省作家协会吸收为会员。

《漫长的路》不可谓不漫长，十万字的作品，跨度四十年，坚持四十年辛勤笔耕，实属不易。曹锋先生的作品，朴实无华，平白中见色彩，情真意切，且有独到的观察，不管哪个层次的读者，读来颇有味道。雅俗共赏的作品，是有品位的，较之那些故弄玄虚或玩深沉之作，不知要强多少倍。即使收入这个集子中的五六十年代发表的作品，不可避免地标有历史印记，但今天读来仍那么感人，那么亲切，把我们燃烧的心又带到那个难忘的年代。

曹锋同志是老新闻工作者兼业余作家，既能写新闻，又能写文学作品，这没有一支管用的笔是不行的。无论《漫长的路》还是《我怎样当通讯员》，书中的文章，非但不枯燥乏味，而且饶有趣味。或是讲述个人经历，或是通过一个个娓娓动听的故事，细腻生动地描述出写稿的苦辣酸甜。无疑，这与作者的文学功底是分不开的。

曹锋同志退休了，他的笔不但没有退休，反而迸发出一股更加火热的激情。他不止一次地说："林业老英雄马永顺造林'还账'，我要学英雄精神，多生产精神产品，寻找失去的青春！"

请广大读者特别是林区读者读一读曹锋同志的这部书。让我们看一看，他如何行进在高高的兴安岭崎岖漫长的山路上，又怎样印下一行行追寻的足迹。

1994 年春夜于哈尔滨

道不尽的艰辛，叙不完的恋情

——序《森林情》

张方弢同志的作品集《森林情》就要付梓出版了，这是他多年来殷勤笔耕的一个集结，我颇高兴。他约我为其写序，我乐而为之。

方弢同志要我为他的作品集写序言，是我未曾料到的。按照中国的老规矩，我们是同龄人，加上人们看重的知名度，似乎不那么合适。既然他点了我的名，我还是乐于说上几句话的。

和方弢初次相见，是 1981 年的深秋，在海滨小城的林业疗养院，那时我当院办主任。他从一个黑板报上见到我的一首诗《绿之歌》，便来找我，并带来了他所发表作品的全部剪报。这位红脸大汉，热情似火，竟然点燃了我差不多快要完全冷却了的创作激情。我为中国女排夺冠写的《海滨祝捷》诗稿，就是他亲自跑到温泉邮电局替我投进信筒的——这也是我搁笔六年后在《人民日报》上发表的第一首诗。

我们相处的那段时光是难忘的。我和他经常在一起谈诗，他那浓重的安徽口音，那么富有感染力，使得我不能不重新拿起笔来。他很勤奋，有时一天写几首诗，每写一首诗，都拿给我看。我不客气地谈些看法，有的意见说得很尖锐，几乎使他难于接受；我写的诗，也拿给他评论，他也直率地提出意见，有的我也不敢苟同。争论，丝毫没有影响友情，相反，倒加深了彼此的了解。

我对他的身世渐有所知，并深为同情。不敢相信，孩提时代，他曾讨过饭，从死亡线下顽强地挣扎过来。

记得那一年冬天，我俩去《锦州日报》送稿，他在前引路，当他跨上报社楼梯的时候，我才发现他仍穿着一双旧"解放"胶鞋，鞋后跟明显地打着补丁。这楼梯，不知道他爬了多少次啊！应当承认，他是强者，他没有被生活的重担压弯了腰，相反，他步伐坚定，不气馁地向上攀登着。这股倔劲，是难能可贵的。在他的大力支持下，我居然写起小说来，接连写了几篇。作家航鹰觉得奇怪，她在给我的信中写道："你的干劲真叫人佩服。"她哪里知道，有人在给我压力，给我一种力量，这个人，就是方煐。

文如其人。方煐的诗，像他本人一样朴实、粗犷、豪放。这个集子选入的诗章，字里行间无不洋溢着对生活的爱恋之情，直抒胸臆，写得情真意切：

> 二十个春秋，
> 我与您相依相惜，

道不尽的艰辛，

叙不完的恋情……

因为他历尽了艰辛，对未来才满怀希望：

加大油门，

驶进兴安岭的苍翠峰峦，

恰似小舟，

漂入绿海的波谷浪尖。

远山，

排排绿浪向我涌来，

长风，

鼓荡着我心上的征帆……

这些诗，写在他的第二故乡——大兴安岭，生活气息浓郁，铿锵有力，读起来那样朗朗上口。这本集子，不是他创作的全部，因此，这篇短文就不想谈艺术上的成败得失了。仅就这里的诗，如果提一点要求的话，那就是希望方殳要注重炼意，不过分追求诗句的华美，不过分雕琢，更不能为押韵而以辞害意。诗贵含蓄，这虽是一句老话了，但方殳和我，恐怕都要下一些功夫的。

年富力强才是真正的财富。方羑有这笔财富，加上百折不回的韧劲，难道还有什么目标不能达到的吗？

1987 年 4 月 2 日于渤海之滨

青春校园的华彩乐章

——序《年少无翼》

一个雪后初霁的早晨，黑龙江省文联副主席燕鹏在电话里对我说，鹤岗师专一位在读大学生即将出版一部长篇小说，写得不错，嘱我为其写篇序言。我当时有一点犹豫。一是作者的情况我不甚了解，二是关于少年作家出书，黑龙江电视台《新闻夜航》刚刚做过一期节目，在采访对象中，我是唯一持不赞成态度的，以为有商业炒作之嫌。燕主席前不久率艺术家采风团到过鹤岗，这位伯乐发现了一匹千里马，我不能扫他的兴，便应承下来。

下班之前，一个童声童气的女孩儿打来电话，要来送这部长篇小说的清样，问省作协的地址。当她带着一身寒气走进办公室，急切地从书包里拿出书稿时，似一个小学生面对考官那样毕恭毕敬，我几次让她坐下来，她竟不肯，一直站在那里回答我的提问。

她的名字叫冯海霞，笔名炎淼，一个普通农民家庭的女儿，母亲因病过世，父亲带着妹妹在外打工供她上学，可以想见生活之艰难。她虽然瘦弱且显单薄，但神情却掩饰不住自信和刚毅，对未来充满信心。我不曾料到的是，她毕业于我第二故乡的铁力林业局马永顺中学，是老作家曹锋先生重点培养的小作家，我主编的《大森林文学》，曾发表过她许多作品，对这个名字我并不陌生。

将厚厚一沓书稿带回家里，我让女儿先翻阅一下，她们毕竟是同龄人。女儿看了几章之后，极其认真地对我说："在我有限的当代文学阅读史上，这个作者可以跻身儿童文学作家的行列，且当之无愧。"女儿对作家的作品有自己的独立见解，不盲从，不论名作家还是业余作者，对包括我在内的一些所谓圈里人时有中肯的批评。这个第一读者的一番读后感言，令我大吃一惊，敦促我用了一个晚上，读了这部二十余万言的长篇小说。

这部小说，写的是花季少年的故事。不论其地其时还是其事其人乃至形态变幻，在我们反映校园生活的小说中，应该说并不少见。但是，《年少无翼》深深地感动了我，感动了我的女儿，没有相当的创作技巧是写不出这样的作品的。好看且有自己的风格。在描写和塑造上所表现出的才能，是和作者善于在故事情节和观察细节中刻画人物的艺术手法密切相关的。一群少男少女的人物性格，都是在看似平常却不平常的故事中浮现，在故事的推进中鲜活起来，活灵活现，栩栩如生。作者有切身的生活体验，以故事取胜，不热衷外国小说那样的大篇幅心理描写，亦无空洞乏味的煽情，继承中国小说的传统，博采众长，踏踏实实从这条道路上起步，我以为难能可贵。

对于一个作家而言，只会写故事不行。我曾举过这样一个事例：苏联小说《钢铁是怎样炼成的》，翻译得那样精彩，归于译者的才力；而比翻译家还要精通俄语的一位三轮车夫，无论怎样下气力，终未能翻译出出版之水平。何也？其一是对翻译作品不懂得再创作，其二是不知道文学作品是语言艺术。这里我着重要说一说这部作品的语言。读罢作品，深感文字之流畅，语言之生动，甚至显现出与小小年龄不相称的几分老到，毫不夸张地说，作者具备了文字和语言的两大基本功。在小说的虚拟空间里，我们会看到时有诗一般的语言闪现。如这样的章节：《没有情人的情人节》《跟我一起去流浪》《这段日子没有太阳》……还有这样的章节：《高考指挥棒下的舞者》《高三不易》。后者让我联想到汉臣苏武的寺庙，庙上的横匾是"为臣不易"。作者未必去过苏武庙，但可以看出古典文学对她的影响之深。

作者冯海霞是有才华的。她自幼酷爱文学，从初中始，最喜欢做的事莫过于读书作文了。日练日熟，升入高中之后，时有短篇见诸报端。而《年少无翼》这部长篇，从动笔到完稿，历时五年，十易其稿，五年磨一剑，对于一个尚未成年的孩子，那是何等的毅力！"才华总是通过精神的独立活动才能成长起来的"，车尔尼雪夫斯基说得再好不过。

当这篇短文就要打住之时，一抹朝霞透过玻璃窗，洒在我的书桌，洒在这部书稿之上。我默默地祝愿冯海霞，祝愿她以及她更多的作品，如海面上初升的朝霞，融入文学百花园的满天霞光。

2005 年 1 月 23 日

观照神秘天上

——序韩景江叙事散文诗集《天梦》

国庆长假，我的老友陆永和从哈尔滨打来电话，嘱我为韩景江先生的诗集《天梦》写点文字。

20世纪80年代初，我和景江在同一座城市工作。他在部队通讯组，常有大块新闻稿见诸军报和地方报刊，颇有一点影响。我只知道他转业到地方后，曾在伊春市委政研室、市广播电视局担任领导职务，机关应用文十分了得，却未料到他竟会有一部文学作品问世。

士别三日当刮目相看。景江第一部书起点这般高，与众不同，可谓出手不凡。这位有扎实理论功底的官员，在学习理解构建和谐社会思想的过程中，仔细揣摩，进行文学创作，居然结集成一部诗集。如其所说，这些诗，插上神话的翅膀，在无疆的天宇中遨游，意在唤醒人类的良知，为"和谐宇宙"的宏伟构想尽一点历史责任。立意，不可谓不新矣！

我以为，叙事诗也好，散文诗也好，作为诗歌创作，或立意（构思）或意境或语言，总得有一长处，当然兼而有之则更好。立意，为历来的诗家所重视，清代王夫之《姜斋诗话》说："意犹帅也，无帅之兵，谓之乌合。"《天梦》最可取之处在于立意。"意"是诗歌的灵魂，诗人的思想水平、生活积累和知识储备，是立意高下的关键所在。读一读《吴刚，放下你砍树的神斧》《牛郎织女儿女入学难》《如来佛打假》《谁是太阳的接班人?》，无不唤起人们的共鸣，引发人们深深的思索；读一读《开凿银河济黄河》《瑶池温泉对地球开放》《玉皇大帝要考研》《王母娘娘的黄昏恋》《我到火星家里做客》等，均有较深的思想意义和较高的认识价值及审美价值。无疑，这些诗皆源于诗人对现实生活理解的独特性。

一部《天梦》，令我情不自禁想起郭沫若的《天上的街市》："远远的街灯明了/好像闪着无数的明星/天上的明星现了/好像点着无数的街灯/我想那缥缈的空中/定然有美丽的街市/街市上陈列的一些物品/定然是世上没有的珍奇/你看，那浅浅的天河/定然是不甚宽广/那隔着河的牛郎织女，定能够骑着牛儿来往/我想他们此刻，定然在天街闲游/不信，请看那朵流星/是他们提着灯笼在走。"这首诗，充满了对美好生活的向往和追求。而《天梦》，大背景从人间移到天上，张扬真善美，鞭笞假丑恶，感情丰富，旗帜鲜明，表现了诗人对构建和谐社会的强烈愿望。

别林斯基说得好，诗人"首先应该在心灵上是一个诗人，并且按照自己的天性从现实的诗的一面去观察现实"。确切地说，这是我读韩景江先生《天梦》得到的启示。

毋庸讳言，《天梦》这部诗集亦有不尽如人意之处。无论作为叙事诗还是散文诗，语言尚需凝练，在音乐美和散文表现力上似应下点功夫。这对于一位习惯于逻辑思维而刚刚转道文学创作的理论工作者而言，是不是有些苛求？

读罢《天梦》，心潮起落，遥望银河，夜不能寐。我一边默诵诗人书中振聋发聩的警句，一边不由自主地感叹：阅读冷暖人间，观照神秘天上。

2005 年 10 月 8 日于兴城

116

撞击"天钟"警世人

——序韩景江科幻故事散文集《天殇》

这是景江创作的《天魂》三部曲之第二部。阅读书稿，如同穿越时空的隧道，遨游在幻想的天宇星际之间。随着扑朔迷离、引人入胜的故事情节，一个被世人常挂在口头上，但往往又背道而行的自然生态环保问题，不能不引发我同作者一样的焦虑与思考：拯救生态环境就是拯救人类自己。

《天殇》全书七辑六十五篇，故事奇特，很有可读性，文体不落窠臼，史料广征博引，荒诞却富于哲理，给人以清心醒目的理性昭示。

评点古今多少事，撞击"天钟"警世人。《天殇》仿佛一口悬挂在天际的生态报警之钟，作家奋力撞击，催人反思与醒悟。

刘勰在《文心雕龙·情采》中说："情者文之经。"《天殇》每篇文章掷地有声，离愁别恨，月缺月圆，皆尽寄情其间。

《红松，不该英年早逝》，让我们看到了作者对大森林的挚爱，通过对老家门前那棵红松"老祖母"的深情眷恋，表达了对红松的敬仰。当三十年后游子归来，发现小兴安岭"红松故乡"将要变成"红松故事"的时候，作者发出了"红松，不该英年早逝"的呼唤，真切地看到作者对家乡的一片赤子之心。《兴安"娃娃鱼"的失踪》，讲述了与恐龙同时代的"活化石"北鲵在水质与环境污染下，惨遭灭绝的故事，读来令人扼腕痛惜。《兴安飞龙，你还能飞多久多远?》，使人对古老的野生珍禽之未来忧心忡忡。诙谐幽默的故事情节，令野生飞禽保护课题得到入情入理的演绎。《破译林蛙家族的绝唱》，仿佛使我们看到了一部童话，警示人类关注生物链的维系与生息繁衍。

"艺术的真实非即历史上的真实。"作者以 21 世纪为轴线，或追溯远古，或前瞻未来，用科学的推断体现虚构，而不是想入非非地胡编乱造。《追忆北方狼》，巧妙地勾画出他和大舅与狼群遭遇"智斗"的场景，惟妙惟肖，把人们对狼的憎恶变为对狼的某些天性的赞美，竭力推崇狼的团队精神。而《托塔李天王应忏悔什么?》，是一篇借古喻今的檄文，揭露了托塔李天王行贿、受贿、以权谋私的丑行，与反腐倡廉联系紧密，颇有现实意义。

《天殇》最后一辑中的九篇评论，采用驳论、立论并用的笔法，深刻地剖析了人类违背自然规律的严重后果和危险处境。政治嗅觉敏锐，文笔辛辣尖锐，可以说这是作者创作《天殇》的底气所在。

我以为，面对已天殇的万物，作者不免有杜甫"一去紫台连朔漠，独留青冢向黄昏"的伤感，仁爱之心昭然。

文章千古事。作为系统工程，在接下来的第三部作品问世之前，我希望景江进行一番小结，过滤沉淀，斟酌打磨，成为既高产又稳质的官员作家。读者期待着。

2006 年 1 月 6 日于哈尔滨寓所

一心似水唯平好

——《人生倦旅》序

20 世纪 80 年代初，我出版第一部诗集时，向上上下下题签赠书。孰料，食堂一位老师傅跑到办公室对我说："这书看不懂，没啥用！"他看了一眼茶几，"换两个茶杯行不行？"瞬间，我所有的自负和得意全化为泡影。这几年，为朋友的书写了不少序言，过后很少思量。一次聚会，诗人韩景江当着众人的面，把我给他写的《天梦》的序言从头到尾背了下来，令我大惊失色，手中的酒杯险些脱落。基于此，不管题签赠书还是撰写序言，我时时告诫自己须小心行事。说这番话的意思是，为葛维举先生散文集《人生倦旅》写的序言迟迟未能交卷，心有余悸使然。

我和维举君相识至少有十几年了，他是从市委办公室副主任的位子上，调到市文联当主席的。他留给我的印象，可以用一句话来概括：会办事儿，能写字儿。

先说会办事儿。一是全省各地市文联（作协），办公条件最好的当数伊春市文联，方方正正四合院，坐北朝南一小楼，凡是到过这儿的文朋诸友，无不伸出大拇指交口称赞。二是伊春建个碑林，远近闻名，堪称小兴安岭一大人文景观。虽说这两件事不能归功于某个人，但可以肯定地说，葛维举主席付出了相当大的努力。再说写字儿。维举在市委大院写字儿多年，给市领导写讲话，起草工作报告，机关应用文轻车熟路；到文联工作后，转道进行文学创作，写诗写词写散文，硕果累累，这本散文集，便是他多年辛勤笔耕的结晶。

集子收入散文百篇，充分显示了作家对小兴安岭这块神奇美丽的土地挚爱的深度。写山石，写花树，写雪原，写瀑布……那么熟悉，如数家珍，鲜活的意象，纯朴的情调，宛若一幅幅返璞归真的风情画，令人击节。如果说真诚与诚实是文章的基本品质，那么，《平常吕老》《难以忘却的真情》《少小离家老大回》《邂逅两位名人》等篇什，当是真诚与诚实的例证。

我一向以为，文贵乎情，最好的散文随笔，让人听起来就像是面对面拉家常。拉家常即是对话，人与自然的对话，人与社会的对话，主观与客观的对话。维举有相当的文化储备和生活储备，他将生活置于心灵之中，酝酿整合，进行艺术加工之后，再展现出来，文章浑然成为一体。他常常用第一人称，或景物描写，或叙事抒情，或夹叙夹议，行文流畅，朴素自然，清新明朗。因为不装腔作势，所以读起来分外亲切，如同促膝谈心。这是维举散文难能可贵之处。

宋代戴复古有诗云："一心似水唯平好，万事如棋不着高。"

121

一个曾在市委综合部门当领导的人，能带千军万马，不愿领导锣鼓钹，到一个群团组织，工作有板有眼，创作有声有色，拿得起放得下，不失意不落寞，这当是地市文联主席的楷模，我以为。

维举近几年创作十分勤奋，散文作品屡屡见诸《人民日报》《北京文学》等报刊，他在《文艺报》发表的散文《祝酒歌——唱给大森林》，颇受好评，令许多专业作家刮目相看。

如果说点这本散文集的缺憾，那就是记事有余，言理不足，有的篇章似应强化表现力。好鼓不用重槌，这一点维举恐怕已经意识到了。

这本散文集名曰"人生倦旅"，但我却强烈地感受到作家的精神不倦。舞文弄墨皆乐趣，孜孜追求是精神，"路漫漫其修远兮，吾将上下而求索"。不是吗？维举正在人生的旅途上奋力跋涉。

2005 年 11 月 1 日

第 二 辑

魂牵梦绕五花山

正当我为一位摄影家拍摄的五花山照片配诗构思之时，蓦然，想起远在北京的黑龙江画家兰铁成先生。倘若手头有一本他的五花山系列山水画，或许能给我一点灵感。说来也巧，邮递员来了，将这本天外飞来的画集放在我的案头。迫不及待地打开，翻阅之间，那点染的绘画风格令我眼前一亮，一首小诗悄然流出笔端：松树柞树白桦林/五花山收获的季节/永远的原始林之春/不似桃花源/胜似桃花源中人/山地是铺开的乐谱/林子是弹拨的竖琴/人与大自然的交响/美的和谐/爱的温馨……就是这一幅幅精美的国画，点燃了我这个久违五花山的人的创作激情。

说起兰铁成先生，我们是在省政协会上相识的。一日，我拟向大会提交一个关于扶持纯文学期刊的提案，不想引起了代表们的广泛支持，有京剧表演艺术家邢美珠、作曲家王明喜、歌唱家曲冬梅，还有一位主动承担写提案的我却不知道姓名的青年画家，此人便是兰铁成先生。我们熟悉之后，才知道他的岳父便是独树一帜、自成流派的黑土诗人王书怀。不是一家人不进一家门，铁成对文学亦情有独钟，不但有论文集出版，而且时有诗画配在报刊发表。我们俩见面机会不多，只要相见，谈话的主题离不开文学与人生。

是年夏天，省政协组织一次联谊活动，在哈尔滨的政协委员集中到江北黑天鹅度假村，我和铁成又分在一个组。他既不打牌也不钓鱼，一个人闷在房子里读书，偶或和几位朋友在一起聊天。就是在这个度假村，他讲述了童年时代曾犯过的"美丽的错误"。十几岁那年，在家乡小镇，他和几个小伙伴向一位高傲吝啬的美工学画，家里实在是穷，只好把人家用过的锡装颜色皮捡回来，把铅皮里剩下的颜色一点一点抠出来用，可怜之至！或许是经不住五颜六色的诱惑，一个风雪交加的早上，他从那扇窗户飘然而进，发生了不该发生的一幕。翌年，少年兰铁成第一次创作，是为一位求画者画了一幅《旭日松鹤》图，并从求画者那儿借来一本 1953 年版的《全国国画作品集》，徐悲鸿的马，齐白石的虾，黄宾虹的山水，潘天寿的花鸟，黄胄的驴，仿佛哥伦布发现了新大陆，令其爱不释手，最终导致"监守自盗"——撕下了画集里最喜爱的八幅画，然后将书"完璧归赵"。一席话，令我的心灵受到了强烈震撼，我就是这样同兰铁成先生从相识到相知的。我经常同文艺界的朋友在一起聊天，有的朋友常常巧妙包装自己，从不坦露心迹，这样的朋友，让我敬而远之；而兰铁成先生，在大庭广众之下，讲述年幼无知的往事，且严于解剖自己，似亲兄弟般促膝谈心，这样的人容易亲近！

兰铁成先生以五花山系列山水画遐迩闻名，他刚刚出版的这本画集，可窥其二十多年创作之一斑。以五花山为主要题材，赋予中国山水以新的境界，这在我国山水画史上恐怕是一个创举。

　　在东北亚大森林，无论大小兴安岭，还是张广才岭完达山，皆是生息的岭、繁衍的山，是动植物生来自由的美丽家园。五花山虽然是秋天的季节，但我以为，它的意义在于哺育春天。难怪铁成先生对五花山魂牵梦绕。

2003 年 12 月 13 日

签画售书人

  初春时节的一个双休日，位于松花江畔的中央书城异于往日，一楼大厅人头攒动，过道堵塞，读者排着长长的队伍，一位作家正在签画售书。签画？我颇觉新奇，近前一看，吃了一惊，签画售书者乃是我的老友。他被购书者团团围住，头不抬眼不睁，顾自为读者在书的扉页上作画，钢笔线描，有人物，有花鸟，刷刷点点，栩栩如生。我站在一边观望良久，尘封的思绪瞬间被唤醒，心像窗外蝴蝶的翅膀一样飞动起来。

  我是先知道其作品后认识其人的。最早看到的是他画的《小城春秋》《伍子胥》等大量小人书（连环画），人物造型和构图颇见功力，技法、形式上亦有新的探索，给我留下很深的印象。其后，看到他入选全国第八届美展的作品《孙孙要结婚了》（漫画），画面中一个瘦骨嶙峋的老太太挥汗如雨，抡着锤子给自己的裤腰带扎眼，隐喻老人为儿孙节衣缩食勒紧腰带的社会现象，令人欲笑又想哭。他创作的《一二·九学生运动》（国画），参加全国美展并被博物馆收藏。在他担任《老年报》总编期间，创办了心理咨询专栏，帮助老年人解惑释疑，为老年人的婚姻、家庭建言献策，使该报成为全国发行量最大的老年报纸。他出版的专著《老年心理咨询》，荣获黑龙江优秀社科一等奖。同时出版的《国内首套老年金曲》《握着你的手》等歌曲集，词曲均由他一人创作，许多中老年人争相传唱，成为畅销之书，一时洛阳纸贵。

我俩第一次晤面，是在他创作的长篇小说《情？》的首发式上。他给我的第一印象是，为人真诚，热情奔放。他操着略带安徽口音的普通话告诉我，青年时代在哈尔滨市一所中学教美术、音乐课，文学创作怕是从那时起步的。乍见之下，看不出他年逾天命，如果穿上牛仔裤，活脱脱一个现代青年。他将这部长篇送我，扉页上画的荷花少女构思新颖、线条流畅，题签行书潇洒俊逸。翌年，他当选为省作协主席团委员，我们相互间的交流多了起来，常在一起品茗聊天，美其名曰：切磋技艺。他出任北国书画院院长后的第一件事，是举办了一个大型画展，吸引了国内众多书画名家。在展厅门口，他大老远迎了过来，对我说，明年在这儿为作家办个书画展吧，展示一下作家的才艺。在各艺术门类之中，文学是我所钟爱的"情人"。在筹备书画拍卖会期间，他打电话问我，作家有什么可拍的藏品没有？我试探问，一位作家收藏了二十年计两百四十本《新华文摘》……话还没讲完，他就迫不及待地说了两个字：拍卖。造册了，标价了，要出台了，这位作家却中途变卦了，我不知如何面对人家。他回电话又说了两个字：没事！他就是这样一个热心之人！

近日，我和几位作家、画家应邀去他家赴宴，一看便知，满满一桌子菜，全是从超市买来的。他说，不会炒菜，也就没有劝酒权了。有喝酒的、喝茶的，还有喝白开水的，自由宽松。该上主食了，他跑进厨房，将电饭煲端进餐厅，亲手为客人盛饭，并得意地对大家炫耀道："这米饭原原本本按书本上说的制作的，焖的时间挺长了，保准好吃。"我吃了一口，赶忙吐了出来，饭是生的，米粉了米心还硬呢，原来没摁加热键，保温挡泡了一个多小时。"真是抱歉，总琢磨新写的那首歌了。又想起了……"说罢，坐到琴凳上，径自弹起钢琴来。我"抗议"道："还没吃饭呢！"他说："冰箱里有鸡蛋，你去给大家炒饭！要不吃面包。"进入创作，他是那么投入，似乎忘记了他是请客的主人。

　　作曲家说，艺多不养人，此公如果专攻其一，成就非今日可比；作家们说，应当给他设一个充满青春活力的奖项——精力过剩奖；著名画家于志学感慨道，"他确实是一位通才和奇才"。这位签画售书人，文艺圈里人并不陌生，他就是集画家、作家、音乐家于一身的王福林先生。

2005 年 4 月 18 日

乘风归去

——悼念文友陈士果

得知士果去世的消息，我很震惊。手里久久握着电话筒，脑海里一片空白。这完全出乎我的意料之外，他毕竟走得太早了，他只有四十七岁。

我和士果有十几年的交往。1984年，大兴安岭文联在兴城举办文学创作笔会，我作为一家疗养院的负责人，尽了一点地主之谊。孰料，时为大兴安岭地委宣传部副部长的他，像欠我什么账似的，几次提起几次抱歉："我听说了，笔会可把你折腾苦啦！"

1991年，我调到黑龙江省森工总局担任宣传部的副部长，成了同行，自然少不了在一起开会，每年总要见上几回。他不大关心我的写作，但是对我何时"扶正"分外上心。士果一门心思努力工作，十几年来几乎没有节假日，是个工作狂。春节的五天休息，有四天他是在办公室度过的，一张简易床，一床小被，曾陪伴他度过多少日日夜夜！忙里偷闲，他想诗、写诗，且卓有成就。忙起工作忘掉一切，写起诗来忘掉一切，无论工作还是写诗，呕心沥血，从不马虎敷衍。这样日复一日，年复一年，他实在活得太累！

士果是从偏远乡村走上高高的兴安岭的。他排行老大，弟弟妹妹一大帮，全靠他一人支撑。1994年在五大连池开会，我见他心事重重，几经追问，才得知他为侄子的升学问题而困扰，一万元的学费力不从心。我不敢相信，一位堂堂的地委常委、副厅级干部竟拿不出这点钱。是侠肝义胆还是仗义的冲动，我当即拍了胸脯："这一万元我来拿！"怕他一下子接受不了，我改用一种口气，"我的稿费比你多，这点钱先借给你，等你侄子毕业后还我。"不曾料到，这个小小举动令士果感动得潸然泪下。结果是，钱无论如何不要，为此我大发了一顿脾气。今年9月的一个星期天，士果住在大兴安岭驻哈办事处，我请了一位名医，为他诊病，在这里见到了我曾打算资助的他的侄子。士果说，这就是和你说的那孩子，再什么也没说。从孩子口中得知，在伯父的鼎力相助下，他已中专毕业，工作还无着落，正在家待业。我心里一阵阵酸楚，责怪他为弟弟妹妹一个事也没整明白，碍他重病在身，几次想说终未能说出口。

士果去世后，他的诗集《多雨的眼睛》出版，书发到之日正是他骨灰安放之时。在大兴安岭北山宾馆，我从头到尾将此书读了一遍，这才发现，他确有写诗的才华，只是感伤太多，这不能不让我联想到他最后的一篇作品，那就是在《北方文学》发表的获奖诗歌《妈妈，我想回家》——

虽然我走遍海角天涯，

却从未走出妈妈在我心上编织的篱笆。

妈曾为我缝补褴褛，

我该为妈赶走寒冬。

可是妈妈呀，

落在你头上的雪，

我用手怎么也拂不掉。

妈妈呀妈妈，

高粱红了的时候，

我想回家。

于是，千里写信不敢问妈，

怕问落妈妈常含的泪花；

异乡归来不敢看妈，

怕看疼妈妈鬓上的白发。

妈妈呀妈妈，

雪花飘飞的时候，我想回家。

    他的妈妈一年前故去。而今，下雪了，士果真的回到了妈妈的身边。

1997 年冬日

壮士一去不复还

　　夜深，电话铃急骤响起，我猛地抓起听筒。电话是从北京大学打来的，我的同学陈学飞语调低缓沉重地告诉我，刘忠贵去世了！你说什么？一个正值壮年的车轴汉子就这么走了？我呆坐在写字台前，这一夜，我久久未能入睡。

　　刘忠贵，笔名刘水长，1946年生，籍贯佳木斯，入学前在市广播电台当记者，和我同是东北亚大森林人，北大中文系的同班同学。记得在中文系迎新生联欢会上，他即席朗诵一首自己创作的诗歌《喝一碗完达山的清泉水》，至今尚有许多同学铭记。在学校的四年学习生活中，不论同学还是老师，就连工宣队的老师傅，对这个热情奔放憨厚的大胡楂子同学，都亲昵地称之为老贵，很少有人叫他的名字，多年之后亦然。

　　毕业之前，中文系分为几个小分队，由教师带领赴各地实习，唯有老贵和我单分在一起，留在北京，去北京电影制片厂编导室实习。我俩分别跟随编剧大手创作剧本，老贵捷足先登，将长篇小说《沸腾的群山》改编成电影，搬上银幕。时为编导室的负责人田方、于蓝大为赞赏，动议将"这两个大学生留在北影工作"。我和老贵商议，"触电"太难，还是打回东北老家去。

老贵毕业后分配到北方文艺出版社当编辑。翌年，组织拍摄电影《反击》，北大欲将我俩召去创作本子。老贵尚未成家，只身一人，奉命赴京，导致厄运降临，停职反省达一年之久。我因妻子生小孩，未能成行，方幸免于难。创作长篇小说《桐柏英雄》的作家前涉，看中了老贵，几经努力，将其调到工程兵文工团创作组，大家无不羡慕老贵因祸得福。老贵自嘲道，胡子拉碴当上兵了！

在工程兵文工团，老贵同创作《将军不能这样做》的诗人叶文福分在一起，任专职创作员。不久，叶文福被隔离审查，初来乍到的老贵被指定参加专案组。老贵对我说，咱们和叶文福都是写诗的，同类岂能相残，得暗中保护他一下。果然，老贵身体力行，做了许多转化工作，得到诗人们的由衷称赞。诗人韩作荣不止一次对我说，刘忠贵这个人不错！

1987年，老贵脱下军装转业到北京市司法局，从事法制文学创作，生活相对比较稳定。这期间，我们俩共同创作了长篇历史小说《两岸情魂》，他与人合作创作了话剧《滚滚的黄河》，电影文学剧本《十万火急》。他创作的《中国律师史话》被司法部评为1996年金剑工程图书类一等奖。他把精力主要投放在为电视台撰写法制专题片及专题文艺晚会稿上，多达四十余部（集）。我曾经约他将《两岸情魂》改成电视剧，中央电视台对这样的题材很有一点兴趣，他来信说，写回归的本子写得很苦，一次次推倒重来，只怪命苦，又说实在力不从心，有好几桩事压在身上，压得喘不过气来。我终于明白，柏木桶靠不过破罐子，老贵是活活累死的！

在众多同学之中，我和老贵的交往当是最多的一个。他刚调到北京，我陪妻子去京看病，他得知后，几次到住地看望，在前门招待我们吃了一顿刚刚时兴的美国肯德基，开了洋荤，花去他一个月的工资。老贵结婚时，家里那套新家具是我在小兴安岭定做好发运到北京的，他的夫人半信半疑问老贵，真是你的同学给的吗？怎么好几年见不到其人？直到我这个老同学出现在他家时才信。

第一次在老贵家吃的那顿饭令我心酸。那日，夫人领着孩子回娘家了，老贵下厨。弄了半天不见上菜，我到只能容纳一个人的厨房一看，老贵正在切白菜，打算拌个家乡的炒肉拉皮，但见他切得挺费劲儿，我接过来切，发现刀刃是豁牙的，锯齿一般，一刀下去白菜竟切不断。日子怎么过到这步田地？老贵无可奈何道，对付着闹吧！说这句话时，他那厚厚的嘴唇透出几丝不易觉察的苦涩。可以预见，两人的离异是意料之中的，让我感慨的是，分手之日，老贵请前妻吃了一顿"最后的晚餐"。

少年不知愁滋味，中年亦如此，这就是老贵。他的独生子当时只有六七岁，一件不合体的上衣垂到膝下，脚上穿的一双胶鞋大出好几号。我曾想，幼年丧母，中年离异，既不会做饭又不会照料自己的老贵，将如何在不到十二平方米的"贫民窟"领着儿子生活。

令人欣慰的是，老贵终于分得两室一厨的新房。实行房改，这套房子要交两万元钱，他拿不出这笔钱，只好东挪西借。过了两年多，老贵在单位打电话，掩饰不住喜悦之情，告诉我买房的欠款已经还清了，下一步家里打算安装一台电话，再打电话就不用上邻居家了。我无言以对，两眼发热。时至今日，进城的打工仔、打工妹安台电话易如反掌，而曾创作电影《间隙和奸细》的这位剧作家，竟安不起一台普通电话，时为1998年。

得知老贵家里有了电话，是今年的5月。我拨通了他家的电话，不谈家事只谈文学，这是惯例，唠了十来分钟。他说，有房子了又有电话了，想提前退下来，在家里写点东西。然而，房子、电话何用之有？有谁料到，在这套房子里，在这部电话旁，他溘然卒去三四日无人知晓。"写点东西"，这是一个热爱生活之人的一生追求，也是一位并不幸福之人留给这个世界和我的最后一句话。

翻阅老贵寄给我的剧作，沉思良久。这位剧作家的许多剧本皆是大团圆的结局，而他自己的人生舞台，两次婚变，一生坎坷，最终落下的是"风萧萧兮易水寒，壮士一去兮不复还"的悲剧帷幕。

2020年9月4日

岁月的回声

刚刚结束的全省首届少数民族文学评奖尘埃落定，黄任远先生的《赫哲族文学》荣获一等奖。有意思的是，评选揭晓之时，刚好是获奖者从东瀛回到哈尔滨之日。我向黄先生祝贺，他微微一笑，似乎不大在意，从背包里掏出拟出版的一部散文集，诚恳地让我为其作序。

黄先生是民研专家。我俩交往不过几年，他为人谦和，豁达开朗，是个极好相处的人。此前我知道他的儿子大学毕业后在广州边防武警部队服役，一次执行任务因车祸以身殉职。《黑龙江日报》在显著位置做过报道，标题是：沉痛悼念黄警官。他儿子是学中文的，酷爱文学，写诗作赋，黄先生用部队发放的抚恤金为其子出版了一部书，作为永久纪念。他挺过了白发人送黑发人的巨大打击，对这位学者父亲，我不能不从心底油然而生敬意！

去年冬天，省委宣传部策划出版一部《黑龙江民间传说》，我力荐他当主编，他却执意让我出任，他当副主编。我嘱黄先生为此书起草序言，一篇两千字的短文，竟修改多次，几乎推倒重写，我为他的严谨所打动。元旦前夕，哈尔滨铁路局邢柏祥先生编撰故事集《松峰山的传说》，我再次邀他参与。我们共同采访当地一位善讲故事的老者，在松峰山上一个并不温暖的房间里，在昏暗的灯光下，黄先生连夜整理了三篇民间传说，我为他的勤奋所感动。我们就这样成为朋友。

和黄先生彻夜长谈，知道他是来自西子湖畔的老知青，在黑龙江边的同江县当过外线电工、公社广播站编辑、县委宣传部部长，同北大荒结下了不解之缘。他自幼喜爱文学，读名著看报刊，自上小学始，他的作文常常成为班级的范文。上中学那年，他写了一篇习作，讲述每月只挣三十几元工资的姐夫赡养三位母亲的故事，赞颂了生活底层普通人的真善美。《杭州日报》发表了这篇文章，题目是《姐夫一席话》。这是黄先生的处女作，从此起步，踏上漫漫文学之路。几十年来，黄先生潜心民族文学研究，成果颇丰，时有一些文学作品见诸报端。这本《岁月散记》收入的七十多篇散文、随笔，是他多年文学创作的结晶。

读黄先生的作品，总会想到他的朴实、严谨，想到他的真诚、亲切，他的文风亦然。我以为，愈能触发人们感动的文章，愈能受到读者的喜爱；愈能唤醒人们回忆起社会境遇的文章，愈能令读者赞赏。这本集子里，不乏这样的篇什。在语言艺术上，作者用朴实流畅的文字，表现出一种真诚的情感，去拨动读者的心弦。不论写乡情亲情，还是写友情，一字一句看似写得平淡，那一片真情又如何掩饰得了。仔细品，亲切平易，隽永绵长。

看罢这部集子的校样，万家灯火遍地明辉。我端起茶杯，凭窗远眺，月上中天，汽车依然川流不息，建筑工地传来隆隆的声响。此时，我似听不到城市的喧嚣，听到的却是黄任远先生亲历的半个世纪的岁月回声。

2005 年 5 月 11 日

淡墨浓情总相宜

——王常文散文集《季节拾穗》序

　　王常文先生的散文集《季节拾穗》即将付梓出版，他嘱我为其写一篇序言，我十分高兴地应允下来。这是因为，常文无论为人作文，都令人敬佩，我有许多并非多余的话要说。

　　我和常文是 2003 年相识的，其时，他担任牡丹江林管局局长。是年，我俩同在省委党校学习，不但在同一个班，而且在同一个组，缘分使然。常文为人真诚，虚心好学，常常向我问起文学创作的一些问题，听者无心，问者有意，他不声不响地加入了文学队伍，开始了业余创作。他第一篇散文《飘忽记忆中的窝头》，发表在《北方文学》，另一篇散文《走进雪乡》刊登在《黑龙江日报》，起步较晚，档次较高。其后，在《黑龙江林业报》《大森林文学》《北方名家》《中国建材报》等报刊陆续发表一些散文，引起读者的关注。常文向来行事低调，从不张扬，每当我打电话祝贺他的新作问世，他总是那么谦虚，称自己还是刚刚入门的学生。这让我想起在省政协的一次会上，一位领导看了他写的散文深有感触地说："王常文正直善良，德才兼备！"笔者亦有同感。

用常文自己的话说，他的业余文学创作是在省委党校学习期间起步的，此话属实。但是，我无论如何未曾料到，这些年里，他远离牌场、舞厅，默默耕耘，业余时间一门心思闭门写作，竟然创作了几十万字的作品。人是要有一点精神的，常文的这种精神实在难能可贵。

这部《季节拾穗》，收入作者八年来创作的一百七十余篇散文。全书共分为四辑。第一辑《孩提时代》，记述的是苦难童年，颇有一点高尔基《我的童年》的味道。在完达山的隆冬，"我母亲因为从事和男劳力一样的劳动，也当然在午饭时分到一个窝窝头，别的工人拿到窝窝头，趁热几口就吃完了，而母亲总是小心翼翼地把这个小得可怜的窝窝头一分为二，将稍小的一半自己吃了，将略大一些的用手帕包起来，揣在上衣口袋里，用体温来温暖着它，以免冻硬了，带回来给我和弟弟分享"（《飘忽记忆中的半个窝头》）；为了借点口粮，"严寒的冬天，我和爷爷拿着空面袋子站在露天地里等着，身上的棉衣服一会儿就被北风吹得透透的，脚也要不停地跺着才不至于冻僵了。公路上不时路过的汽车卷起了路上的积雪，带起了阵阵的雪雾，从我和爷爷的袖口里、领口里灌到衣服里，带走了我们爷孙俩身上的热量，带走了我们人身尊严"（《我跟爷爷去借粮》），读罢令人心酸不已。毋庸置疑，正是这种苦难，为作者提供了一笔宝贵的财富。第二辑《峥嵘岁月》，记述了作者参加工作后的经历，三线建设、江边潜伏、第一次打靶、爬山架杆、排除哑炮、分户造林、开荒种地等等，作者真实地再现了那个年代的生活场景。作为民兵去珍宝岛执行潜伏任务，"在虎林县城，同几个民兵去照相馆照相，如果光荣了也不遗憾。那一年，我仅是一个刚满十六周岁的孩子"（《第一张单人照片》）。"每当遇到危险的活，我们的班长就说，我结婚有孩子了，我去干，你们到后边去。几年后才知道那时他和我们一样，还没有处对象呢……他是我的第一个上级"（《在虎头要塞清理坑道》），把活着留给别人的一个形象写得多么鲜活，多么栩栩如生。第三辑《故乡纪事》，故乡的往事，读来饶有趣味，而家事，读来则令人唏嘘。"地里因收完了庄稼而空空荡荡的时候，一些庄户人家便会把刚从地里收回来的红萝卜洗去了泥土，削去了根须，把它们一个个地插在房前屋后和林旁路边的果树的树枝上，任由海风和冬日的阳光风吹日晒而致使其干枯"（《树上的风萝卜》）。作者从捕捉风干萝卜入手，展现了山东老家的特有风俗。《父爱如山》《送爷爷奶奶魂归故里》，催人泪下，写得感人至深。第四辑《山川旅痕》是本书篇幅最多的一辑，从南到北，从东到西，国内国外，林林总总，自然的、历史的、现实的，流入笔端，似小河流水，娓娓道来。这些篇什，最突出的特点是，不云山雾罩，写得简洁明了，忠于历史，不故弄玄虚，不夸张地说，可以称之为简明旅游教科书。对北方的雪乡，作者有与众不同的独特描写，"偌大一棵树干，竟因为雪的贴挂形成了一面洁白、一面深暗，成为一阴一阳的自然奇观"（《走进雪乡》）。作者长期生活工作在林区，只有对雪情有独钟，用心观察，才会写出雪乡的"这一个"。写名山大川，人文景观，也不只是一般性的描写，而有自己的感悟和独到见解。

宋代词人李清照有诗云，"今看花月浑相似，安得情怀似昔时"。常文先生重亲情、重乡情、重友情，情深义重，这本书的字里行间，无不洋溢着浓浓的真情。

阅世文章心中出，淡墨浓情总相宜。这本书，是作者抒发真情的传统文本，是一位奋进者在漫漫人生征途上谱写的一曲曲心之歌。

是为序。

2017 年 11 月 6 日

奋进者的铿锵足音

——序吴玉平散文集《诗书继世长》

渤海之滨的吴玉平先生是我的老朋友。因为同姓吴，他称我宝三大哥，我称他玉平老弟，这称谓多年如此。

20世纪80年代，我在辽西一家疗养院任职，和玉平的夫人汤书卿在一个班子共事。我们是对门邻居，两家孩子又是同学，这样，在一家子的层面上又近了一层。玉平是从小兴安岭伊春当兵入伍的，其时，他在当地驻军当营长。给我最深的印象，一是每个周日，玉平必搀扶九十多岁的老父亲去洗温泉澡；二是每周必坐火车去锦州听课（上函授大学），雷打不动。可见，玉平是个大孝子，亦是一位刻苦学习的奋进者。

多年以来，我只知道玉平先生常写一些议论文，也偶或写一点散文和诗歌，见诸报端。未曾料到的，他竟然接连出版了《法苑寄语》和《反腐败视角下的巨额财产来源不明罪与财产申报法》等理论专著，颇有反响。他在《中国法学》《法制日报》

《检察日报》等报刊发表了大量理论文章，荣获多种奖项，一些建议的观点，被国家的立法活动所验证。

如今，他把即将出版的散文集《诗书继世长》的大样送给我，要我写一篇序言，我欣然接受了，理由只有一个，我们是兄弟。有意思的是，这本书的责编吴英杰女士，在我当《北方文学》主编时，她是副主编，还有一位吴姓副主编，被人们戏称这本杂志是"三无（吴）"产品。如今，玉平老弟这部书的作者、责编、序言撰写者又是"三吴"，缘分使然！

这部文集，收入作者一百三十余篇理论文章和散文作品。《我喜欢读书》《看山与看书》《评弹之妙》《书画同源看意境》等都写得不错；而写《水浒传》中的酒文化的篇什则写得更精彩，令人击节！第二辑《人生不朽是文章》，大多是作者从事法学研究和写作的经历与切身体会，《言能益世即文章》《法治十年》《十年磨一剑》等，言之有物，有的放矢，很有见地，不同凡响。第三辑《经历是人生的资本》，应是纯粹意义上的散文，皆是作者真实的经历，无半点人为的斧痕。我喜欢作者的朴实无华，心灵的真诚倾诉，不喜欢当下散文呈现出的无序和无形。这一辑的《参军》《两地书》《父亲国瑞公二三事》《父亲的老屋》《我的三姐吴桂珍》《我的侄女吴艳燕》等四十一篇作品，以亲情为主线，枝蔓丛丛的回忆，用率真的情感去写亲情，写出了人生况味，读后无不令人动容。第四辑《感悟是人生的财富》，虽为有感可发的言论，但读来却不浅薄。如《格言四则》《海滨遐想》《老和尚与将军》《麻将六议》《护法神小考》等，立意新，短而精，不乏闪光点。

纵观全书，这本书有这样几个特点：

其一，用文学的样式来表达法学研究的意蕴。玉平先生是一位法官，几十年来两手抓，一手抓法学理论的研究，一手抓散文、诗歌的创作，并行不悖，相得益彰。在法学研究中，"文必己出，言必由衷"，是他写作的座右铭。反对假、大、空，追求真、善、美，作者将他的书房命名为"三求书屋"，意在求真、求善、求美。他始终坚持的是，"读书甘从千日醉，著文耻与万人同"。

其二，严谨的写作态度。众所周知，玉平先生的人生脚步是严肃认真的，在写作上亦如此。"反对用大话去吓人，用空话、套话去敷衍人，用假话去自欺与欺人"，这当是玉平先生的写作宣言。

其三，理性的思考，真诚的心灵倾诉。这部四十余万字的作品，洋洋洒洒，读者不难发现，不管是逻辑思维的论文、言论，还是形象思维的散文、诗歌，思考和真诚皆一以贯之，晓之以理，动之以情。逻辑和形象，是两种相悖的思维方式，将二者完美结合起来，并非易事，这是在检验作家的本事，玉平先生做了，且交了一份可喜的答卷。

玉平先生的作品，纯朴自然，关乎本真性情、志向抱负、思想品格和社会价值。主张为情而造文的南朝大文学理论家刘勰曾云："意得则抒怀以命笔，理伏则投笔以卷怀。"玉平先生是一个真实的人，正直厚道，刚直不阿。文如其人，不做违心事，不说违心话，不著违心文，这是玉平先生恪守和践行的准则。他不伪饰，不故作深刻，坦诚率真，无半点矫情。

手抚这部沉甸甸的作品集，掩卷沉思，但见一位腰板挺拔、黑红脸膛的东北汉子，风尘仆仆，一路走来，他是一位努力前行的奋进者。我们可以看到这位奋进者坚忍不拔的执着身影，可以听到这位奋进者勇于攀登的铿锵足音。

这位奋进者，就是吴玉平君。

2015 年 4 月 29 日

写意张冠哲

和冠哲相识很早。他在省画院当副院长，我在省作协当秘书长，我俩虽然交往不多却同命相怜：他是画家，不能全身心画画；我是作家，不能全身心写作。何也？怕是应了"当官多误事"那句俗话。不是吗？每天坐班，有事无事常在行，开会、学习、写材料，我曾戏谑道，还要接个人、送个人、领导来了开车门……创作激情岂能不被日常工作所淹没。

20世纪70年代初，二十六岁的冠哲以一幅名为《草原长城》的作品名声大噪，这幅画先后被黑龙江人民出版社、人民美术出版社发为年画，刊行了五年，并被编入人民美术出版社的《新年画选》和上海人民美术出版社的《工农兵形象选》等画册，上了发行量颇大的《东北民兵》封底。由此开始，冠哲进入了一个创作的高峰期，一时间，在黑龙江的画坛上"刮起了一股呼伦贝尔旋风"。

于是乎，冠哲从一个内蒙古的边远小镇调入省画院。从工作人员到办公室主任，直至当上画院常务副院长。他是一个一心不能二用的人，干事专一，追求完美，用他的话说"是一个底气不足，且意志不坚的跋涉者，因此走走停停是难免的事"。既然让当官就得干好干满八小时。同样是画家，别人潜心作画，他只能业余时间挥笔，这对冠哲来说确乎有失公允。尽管如此，他扎实的功力、不凡的才华和独特的创作风格，博得美术界上下的好评。他创作的作品，先后四次入选全国美展，他的代表作《腾飞的精灵》《腾越千秋》，艺术地再现了强悍的北方民族的生机与活力，撼人心魄。而另一幅《高山流水》，大有"汉恩自浅胡自深，人生乐在相知心"（王安石《明妃曲》）的深远意境。

这让我想起 2000 年的那个春天，我接任《北方文学》的主编，拟拿出封二、封三、封四的三块版面，刊发我省十位有代表性画家的作品，理所当然点到晁楣、于志学、卢禹舜、张冠哲、王子和、纪连彬……那是一个周日的上午，我登门向冠哲约稿。冠哲住在南岗区光芒街一幢旧楼的顶层，80 年代盖的房子，老格局没有方厅，一间卧室改当画室。就是在那个年代，这居所对于一个颇有名气的艺术家来讲，也委实简陋得有点说不过去。

十年后，在草色遥看近却无的早春三月，我第二次去冠哲家约稿，他依然住在那个已有几分破败的老屋里。我感慨道，这房子太老，你得改善了！冠哲一笑了之。落座后，谈起当前书画市场，冠哲打不起精神来，似有几分倦态。可说起故乡，说起英勇善战的北方少数民族，一向沉稳的他，神采飞扬，话语如同开闸的江水，一泻千里。我深知，这，当是他取之不尽用之不竭的创作素材。一年多没见，我以为他去外地"走穴"卖画了，他笑道，我缺钱但不急于挣钱，不想让市场牵着鼻子走。创作是一种激情的表达、一种意义的追求、一种灵魂的安置、一种生命的延伸，儿戏不得。说得何等之好！他接着说，功夫在画外，创作需要学养的支撑，画家首先要读书，要广泛涉猎文学、历史、哲学、宗教等领域的学术成果，才能厚积薄发。看着他除书无物的画室，我深以为然。他说，几年前在北京京丰美术馆画了几个月的画，那里的藏品是国内一流的，朝夕研摩学到不少东西。说着他弯腰从画案下面将最近创作的几幅大画拿给我看，令我眼前一亮，其独取的视角、独运的匠心、独具的风神，显示了他独特的创作面貌，卓然不群，熠熠生辉。唐人刘禹锡的《陋室铭》云：山不在高，有仙则名；水不在深，有龙则灵。眼前的冠哲令我油然而生敬意，志向高远不媚俗，身居陋室却陶然。

当下的画家，大抵可分为这么几种人，画得好炒作成功者不乏其人，画得不怎么样善于炒作者大有人在，画得好不去炒作者少之又少，冠哲当属最后一种人。不张扬，不自我炫耀，埋头苦干，似一头老黄牛在画坛默默耕耘，这就是张冠哲君。

2015 年 5 月 7 日

151

心灵的鸣奏，生命的歌咏

——读王世俊的长篇小说《脚步的歌声》

初秋时节，一位未曾谋面的朋友打来电话，嘱我为当地一位老先生新出版的长篇小说写点评论文字。我未曾料到，偏远的大兴安岭地区居然能有大部头作品问世，我这个在文艺圈里待得不算短的人颇有几分欣慰。得知这部长篇小说的作者是王世俊，眼前一亮，这个名字并不陌生，我相信他会有这个能力，亦有这个水平驾驭这部长篇巨制。

看罢这部书稿，心潮起落，久久不能平静。这是一部自传体小说，书中主人公王师阳的原型就是作家本人。王师阳的经历颇具代表性，他是我们这一代千千万万同龄人的一个缩影，作为文学作品，典型人物放在典型环境中去刻画，写出了一个活生生的人，一个有血有肉的人，写出了独具个性的"这一个"。

小说描绘出一个饱经磨难的人物王师阳。他家庭成分地主，被分被斗，十二岁那年，没粮食吃，野菜果腹，头顶烈日拉磙子，打小麦脱粒；秋天在水中割高粱，两腿被高粱茬扎了两个大窟窿不能下炕，而哥哥因家庭成分在外受气，回家借故殴打弟弟泄气。在众亲友帮助下，王师阳上学念书，被选为学生会主席，在一次护堤抗洪中，他和同学们奋力保护堤坝，受到乡亲们的称赞。读到这里，我想到"自古英雄出少年"这句老话，王师阳虽然不是英雄，但可以称为一位背着沉重包袱依然奋力前行的可敬少年。

王师阳上中学离开家乡，暗地思念初恋女友李艳花。李家嫌王家是地主，艳花又怕师阳将来甩了她，在师阳病重之时找了婆家。巨大的打击没有击倒他，一部《钢铁是怎样炼成的》成为师阳的精神支柱，卧炕四个月，他竟然奇迹般地站了起来。转学到山海关一中，他开始发表文学作品，这期间，他阅读了大量中外文学名著，无疑，这给了他莫大的鼓舞和启迪，坚定了其跟共产党走的信念。

又遭挫折的是，王师阳报考中专未被录取，原因是叔父当过伪满警察，政审不合格。于是，他去建筑工地当力工，和民工们一样，在大雪纷飞的夜晚脱光膀子，抡钢钎打炮眼，挑土篮运河石，劳动一个月，荣记二等功。王师阳这时想到的是实现自己的诺言：为国家多做贡献！1962 年，王师阳来到林业局，在丰林林场当教师，后来向领导交代了隐瞒地主成分，结果被清除出教师队伍。这是心灵的内省和叩问，这种内省和叩问，没有脱离时代的历史进程，如此真实地剖析自己，多么难能可贵。

进山打桦子，飞起的木片将王师阳的左眼击伤失明，他当了油库加油工。他干啥就要干好，一门心思为国家多做贡献。多么执着啊！青春年少的王师阳，心地单纯，勇于奋进，当是新中国热血青年的典型代表。

本书重要篇章，是王师阳亲身经历并亲眼见证了"文化大革命"中的一幕幕令人啼笑皆非的闹剧。黑云压城城欲摧，当生命的空间被多变的环境和世态的炎凉压得透不过气来，王师阳信念不移，他以光明之心看待生活，行侠仗义。他曾毅然跳下水井，冒着生命危险救起被柴油烟雾熏倒的师傅。十一届三中全会后，王师阳的思想境界升华到一个新的高度，他三次写入党申请书，多年的愿望得以实现。他从当新闻记者始，一步一步晋升为正科级干部，直至任记者站站长。他冲锋在前，参与了震惊世界的大兴安岭火灾的新闻报道。

捧读这本书，我被主人公的行为深深地吸引与感染，随着跌宕起伏的故事情节，我的思绪与作家一起飞翔。如果给小说定位的话，我以为这是一部具有正面精神价值的准实录小说，亦是一部塑造奋进者在漫漫征途跋涉的传统文本，感情积蓄极致，倾诉欲望强烈，文字如大河奔涌。基于人生观和精神价值的取向，作家无处不表现出理想向上的生活态度，从头至尾运用单线条的叙事方式，以王师阳的命运为中心，以王师阳的视角统领故事的推进，纲举目张，一以贯之。

《脚步的歌声》这部小说，叙事人是作家本人，尽管少了一些心理描写、景物描写和人物刻画，但却有读古代白话小说的效果，显得好看、耐读，令读者阅读欲望陡升。写就这样一部作品，作家不只是用脑用手来写，更是用心灵。

本书点睛之笔，不能不提及这部小说的名字——《脚步的歌声》，别开生面，饱含诗意，耐人寻味。作者在本书的扉页有这样的文字：一个家庭出身地主的孩子，其本人在人生的路上遭遇太多的不幸、坎坷、挫折与磨难，但他在人生征途中认定了一条路，那就是跟共产党走，坚定不移，锲而不舍，最终成为一名中共党员。这是为什么？这是留给读者回答的问题。我可不可以引用当代一位多灾多难的著名诗人梁南的几句诗作答：

至今我没有怨恨，没有，

我爱得是那么深。

当我忽然被人解开反绑的绳索，

我才回头一看，

啊！我的……人民！

心灵的鸣奏，生命的歌咏，耳边回荡着铿锵有力的《脚步的歌声》。

2010 年 5 月 26 日

155

从故乡出发走过自己

——《张铭钊散文》序

今夏，去中国作协北戴河创作之家度假，恰逢铭钊在秦皇岛，知道这里是他的祖籍地，退休后常回来。他拟编辑自己的一本散文集，邀我写一些话作为序言。坦率地说，近几年这种差事我已"洗手"，可面对铭钊，实则盛情难却，只好硬着头皮应承下来。

我与铭钊相识于20世纪末，那时他在绥化地区行政公署任副秘书长兼办公室主任。二十年来来往往，成为"君子之交"。铭钊虽为官员，却情性平和，喜诗文写作，其作品颇具浓郁的地域色彩，布局严谨，思维缜密，无附庸风雅之嫌。浏览他的散文书稿，可以深切感受到，他从喧嚣环境中抽身出来，与世间普通灵魂精神的种种对话，无不闪烁着心灵深处的诗情意象。铭钊在文学创作道路上，是一位奋力前行的耕耘者，兴趣使然，工作之余坚持诗文创作，尤具强烈的家乡情怀。他生在兰西县城，距我的故乡榆林镇十五公里，我俩是地地道道的"乡党"。我在许多场合向家乡人提起他，皆言此公有浓重的、不能释怀的家乡情结，即当下人们耳熟能详的一个词——乡愁。我们有许多共同点。"日暮乡关何处是？烟波江上使人愁"，每每记起家乡，崔颢这两句诗的意境便涌上心头。

记得 21 世纪初，我在黑龙江省作协担任领导职务期间，大约在夏季，省作协党组书记、主席冯建福，副主席陈修文，同我一起赴我的母校兰西县榆林镇中心小学，为新建的学校捐赠图书、桌椅及办公用品。未曾料到的是，铭钊闻讯即由绥化驱车百余公里，会同兰西县委书记王景顺以及李学金等相关领导，专程赶到学校迎候，并举行了一个不大不小的仪式。一件微乎其微的小事，何以这般兴师动众？似没有别的解释，乡情使然。

文如其人，重乡情，重亲情，重友情，这是我读铭钊散文作品留下的最深刻印象。多少年来，每每念记故乡，常会捧读起他的大作，那些记述家乡风情的文字让我感慨、让我动情。他是兰西的"活地图"，对诸多往事知晓甚多，记忆甚多。在他的笔下，无论是家乡的茅屋草舍还是寻常巷陌，都会让人感到那是无与伦比的"人间天堂"。在书中，亦能找到我童年的足迹，感受到天堂的气息。读他的文章，一颗挚爱家乡的赤子之心在跃动；字里行间，散发着沁人肺腑的泥土芳香。

情之所系，也是心之所在，他的许多思考深深沉淀在他的作品中。此集子里最见光彩的华章，当数"梓城旧记"这一辑，一情一景皆与乡土、土地、人生息息相关，是写乡愁篇章集束性力量的展示。更有多篇生态美文，例如《关乎森林草木的话题》等，令我赞赏。铭钊热爱大自然，挚情花草树木，和我的心是相通的。或许是上苍眷顾，在他的工作经历中，曾担任过松嫩平原一个市的林业局局长，他写的生态散文颇具前瞻性。作者告诉人们，大自然是朋友，大自然是财富，无休止地索取必会受到大自然的惩罚。正是扎根于生活之中，他的散文才有作家的良知与情怀，才有温暖人心的热度。"为什么我的眼里常含泪水，因为我对这土地爱得深沉。"出于对故乡的深厚情感，他时常有一种返归之冲动，热望在寻找与缅怀中体会家园的安宁与快乐。

呼兰河西，谓之兰西，是我们共同的出生地。铭钊退休后应朋友工作之邀，带着心中的故乡远行，客居南京十载，他把那里当作自己的第二故乡。他没有沉醉于秦淮河的桨声灯影中，而是以敏锐的目光细心地观察，写下了数量可观、好看好读的"客居漫笔"。我总以为，要了解一个作家，最好的路径就是去读他的散文，散文可以破译作者的心灵密码。这当是我读《张铭钊散文》得到的又一个启示。

俄国文学家陀思妥耶夫斯基说过这样的话：人的后半生完全是由前半生养成的习惯组成的。然也！铭钊亦不例外，他前半生寻寻觅觅，后半生回首灯火阑珊。如今，南京事务已结，他又来到祖籍地秦皇岛，将在这里流连几年，再收获一次不同的人生感受。在北戴河"创作之家"，我和这位老乡足足谈了一个下午，说秦皇岛，说北戴河边那个小村庄，说故乡兰西，说得两眼放光。他是那么关注家乡、关注大自然、关注生命的处境。

读罢这本散文集书稿，掩卷沉思，我固执地认为，"乡关探问"应是铭钊散文创作的"主打"，其他林林总总的杂记、琐记之类，则是他创作的"副业"。在文学创作道路上，铭钊从故乡出发，走过自己，没有停留，依然心神沉稳继续前行。

是为序。

2018 年 12 月于哈尔滨

文化求索的勘探者

——序杨中宇散文集《悠然见南山》

杨中宇君的《悠然见南山》即将付梓出版，他诚恳地嘱我为其写一篇序言。

实践证明，为人作序这活似乎并不那么好干，出书者期望值极高，我横竖又不去拔高，结果费力不讨好。思来想去，不写也罢，套用相声中的一句话说：一推六二五。可是这次不行，这本书的作者是我的同乡，他写的又是故乡的文化记忆，于是，我还是应承了下来。

认识中宇之前，我在省内外报刊上陆续读过他的许多作品，留下不错的印象。近两年，他的创作热情高涨，势头很猛，特别是写"三风"（风物、风土、风情）的作品，一发而不可收。去年夏天，他找过我几次，要写一写我的出生地——离县城三十华里的榆林镇，让我帮他联系那里的老邻旧居。我没有不助他一臂之力的理由。果然，他采访了两个多月后，写出了《当年兰西小榆树》，发表在《黑龙江日报》"北国风"副刊上。文章见报后，几位在哈尔滨工作的榆林镇老乡纷纷打来电话，询问作者何许人也，对文章十分认可。之后，他接二连三地发表了兰西（双庙子）拉哈岗系列散文，在省内引起人们的关注。

据我所知，在动笔写作王子陵这篇史实性散文之初，他多次深入实地，考察了位于兰西县城东南的拉哈山，并查阅了大量史料。特别要提及的是，这座陵墓在闻名遐迩的南山绿色生态旅游区内，有胆有识的总经理白俊才先生专门请来专家对古墓进行论证，给作者提供了翔实的第一手资料。《金源遗址王子陵》一文见报后，掀起了不大不小的南山热，人们纷至沓来，到南山旅游区一睹金代王子陵，发思古之幽情。系列散文中的《神奇的莲花泡》，写得开阔，表现得自然平实，确乎还带有一点诗意美。"兰河乡爱民村的莲花泡，宛如一轮明亮的圆月，飘落在碧野之中；又似一颗璀璨的明珠，镶嵌在呼兰河畔。它是一泓神奇的水，随着大自然的梦幻变迁，相传的是它那神秘的变幻故事。"这是经过作者观察、思考提炼出来的最为朴实无华的"诗"。不论《卧牛地》《女儿城》《黑龙洞》，还是《河口神龟》《万寿池》，皆耐咀嚼，读起来颇有味道。

而以《东北大秧歌》《兰西挂钱》这两篇为代表作的散文，是本书最亮丽的篇什。作者对大秧歌这样描写道："秧歌分为高跷秧歌和平步秧歌，踩高跷难度大，费力气，但好看吸引人。踩高跷扭秧歌，多数是走四方步和十字步儿。队形变化灵活，可以穿插绕场等，而平步秧歌是东北最常见的形式，老少皆宜。舞者手拿彩扇，身着彩装，走和跳大多以十字步和四方步为主，不拘形式，动作比高跷秧歌狂放些。平步秧歌中穿插有前面打头儿的，有跑旱船的，挑花篮儿的，扮有何仙姑、河蚌女等，怎么好看怎么来就是了。最有戏出彩的只有两个人，打头儿的和殿后的，可扮各色人物。他俩只要是踩到鼓点即可，动作要自然诙谐，夸张粗犷豪放，而富有挑逗性。早年的'老秧歌'，队形还有'白马分鬃''二龙戏珠''摆八卦''狮子倒卷尾'等，表演动作有'双蝴蝶''凤凰单展翅''碎步'等。"写得何等之好，连我这个土生土长的兰西人都禁不住喝彩！再来看《兰西挂钱》："家家户户贴挂钱，浓郁的年味也就在一幅幅挂钱中表现出来。它不单纯是贴在门框喜庆吉祥，寄托着人们的许多畅想、祝福和期望，而且把这种艺术后来演绎成精品装裱起来，用于收藏或者装修房屋及社会活动，作为艺术点缀，别具风味。兰西挂钱，是东北挂钱中最为绚丽奇妙的一朵百合花，兰西百姓常言道，挂钱之花，开满万家，栖在窗棂，飞落天涯。"写得真，体会得透，给人一种美的享受。这里，我要感谢作者用心观察，努力发掘，为我的兰西老家推出一个品牌，打造出一张麻城文化名片。

杨中宇是县里的一位中层领导干部，写作是他的兴奋点，文学是他孜孜不倦的追求。多年来，他在多家报刊发表了近五十万字的文学作品。一次回乡聚会，席间大家说其官运不旺创作旺，堤内损失堤外补，中宇莞尔一笑，点头称是。这正应了"失之东隅，收之桑榆"这句老话。"山远疑无树，潮来似不流。"中宇君在呼兰河流域这片神奇的土地上所做的文化求索和奋力勘探，实

162

在难能可贵。在许多人的眼里，未必能看出这位憨厚文人的良苦用心。

中宇的散文，是传统意义上的散文，本真、平实、贴近散文的自然本性。对于散文写作，这一点十分难得。但要指出的是，书中有的作品显得艺术张力不足，这不能不说是个缺憾。

我饶有兴趣地通读全书，总的感觉是，作者沉静地面对家乡的常态，如数家珍般地娓娓道来，他是一位写故事的高手，更是一位文化求索的勘探者。

2008 年 11 月 31 日于哈尔滨和兴路寓所

骨头蘸血的劳作

——我读王福林的连环画

众所周知，王福林先生既是画家，亦是作家。每当我和友人谈起他的绘画和文学创作，总让我想起"让世界看到了中国的美"的画家吴冠中老先生"文是画之余，是画之补"这句朴素而精彩的自白。王福林，这位像画家一样出色的作家，令我钦佩不已！而让我感慨更多的，是他创作的连环画。

我曾写过不少乡情、亲情之类的散文，多次提及连环画，其中，有一篇名曰《怀念小人书》的散文，发表在《生活报》上。这是一篇怀念孩提时代连环画带给我的快乐，以及对我产生重大影响的人物散文。20 世纪 60 年代，著名画家贺友直的一套《山乡巨变》连环画，成为我文学创作启蒙的教科书，百看不厌，至今仍留在我的记忆深处；而我发表在《黑龙江日报》的一首诗歌，是王福林先生的一幅意境深远的连环画给我的启发和创作灵感。在那个年代，我是按照"正确思想＋意境＝一首好诗"的模式进行创作的。

王福林先生的连环画，有极强的表现力，造型准确，线条流畅，生动传神，人物栩栩如生。我一向以为，既然叫连环画，那么人物的脸谱和神态都有明确的文字要求，且一以贯之，对画家来说，没有相当的功力是无法驾驭的；既然叫连环画，几十幅甚至上百幅，一气呵成，这样下来，没有充沛的精力是支撑不了的，耗费的体力可想而知。

多年来，王福林先生创作了大量连环画，以我对他的了解，我曾不止一次向朋友们说过这样的话：福林是从连环画走上画坛的，连环画这劳什子，是骨头蘸血的劳作。

2005 年 9 月 3 日

一位亲民官员的人文情怀

——东流诗文集《空灵至美》读后

一位作家朋友不止一次地向我提及，东流的诗文集《空灵至美》即将出版，其实，我不以为然。这是因为，我向来以为领导干部的诗或文，大多附庸风雅，应景作居多，无大意思。但当我读罢这本新著，对作者简直刮目相看。

未曾料到，作者东流的经历与众不同，颇具传奇色彩。他上大学时，学的是小语种斯瓦希里语，与驻南斯拉夫大使馆因公殉职的烈士邵云环是校友；大学四年级时，他曾参与华国锋等国家领导人接见外宾的重大外交国务活动；大学毕业后，他曾以专家组副组长、翻译的身份，操一口纯正的斯语，陪同坦桑尼亚国父尼雷尔总统共进午餐；1995 年，公考进入政坛，先后任黑龙江省质检局副局长、局长，双鸭山市委书记。东流的学识亦与众不同，涉猎广泛，出版的诸多著作之中，既有政治论著，亦有文学历史作品。这里，我侧重评论的，是这部诗集《空灵至美》。

诗集《空灵至美》分为两辑，一辑为《心意情弦》，一辑为《山水情怀》。在这七十篇诗篇中，给我留下深刻印象、令我击节的，当是这位亲民官员在字里行间表现出了强烈的人文情怀。"双鸭神韵/山水情怀/但愿梦里不再是人间的苦涩/心中的城市/生死的眷恋/但愿醒来是天堂般的生活/春秋冬夏/寒来暑往/但愿故乡永远绽放着青春的花朵/生生世世/自然和谐/但愿耳边萦回着孩童的笑语欢歌。"（《故乡情结》）"奏响辉煌的乐章/走向幸福的生活/行云流水/笔走龙蛇/雕塑华美如泣如说/山川大地如诗如歌/青山绿水/美好家园/春去春来/自然平和/谋社会福祉/为太平放歌/百花竞相绽放/万物欢畅婀娜/助人蔚然成风/友善遍布恩泽。"（《别样人生》）这两首诗，自然质朴，简洁流畅，朗朗上口，可以称之为歌唱和谐生活的姊妹篇。作品发自心底赞美新时代新生活，千呼万唤今日之桃花源。

作者曾担任过双鸭山市委的主要领导，他在《心境》这首律诗中这样写道："古往今来青史传/声名远去赤子怜/政风人去书生色/民意闲言话语间。"在《丁亥新春赠友人》中写道："敦厚人生正色行/慷慨悲歌魂梦萦/通辨古今文章事/丹心化蝶情史铭。"可见，作者践行的是为官清正，看重的是老百姓的口碑，他不似有些官员，所作所为"担当身前事，何计身后评"，二者形成何等鲜明的对照！

我以为本辑的代表作，当数《惜农》这组诗："沉穗低头谷芯黄/未算收成心已凉/劳作年年还陈欠/为谁辛苦为谁忙。"读罢掩卷，禁不住让我想起那首妇孺皆知的"汗滴禾下土"。"春贷上打地租粮/夏日吐火灼皮伤/秋收冬卖粮杀价/何人助农买吉祥。"
这组五言律诗，可与"二月卖新丝，五月粜新谷，医得眼前疮，
剜却心头肉"相媲美，令人震撼，唏嘘不已！一位身居高官的领
导者，这般体察民情，敢于为民请命，敢于担政治风险，多么难
能可贵。

作者无论写"换得百姓抖精神"的人民领袖，"几多辛酸发
贵文"的人民总理，还是写《故乡的炊烟》《潸然之别》《离别
情怀》以及四封家书，读后都让人喟叹不已，情相系，心相连，
感慨万端，不能不令人动容。

作为生于斯长于斯的本土官员，与龙江众多诗人一样，立足
于现实的视野，但本书作者东流却用自然景观或文化背景，承载
心理的人文情绪，构筑感性和理性的契合。窃以为，这是《空灵
至美》鲜明的艺术特色，因之，我不能不喜欢这本诗集。

我喜欢这本书的另一个原因，是作者是从呼兰河畔一路走来
的官员诗人。我情不自禁地想起宋代词人李之仪的《卜算子》，
步其韵活剥四句：我住河之南/君住河之北/对面相见不相识/共
饮一河水。我为有这样一位同乡而自豪，同时，由衷赞叹他的诗
集《空灵至美》所表达的人文情怀。

2003 年 12 月 2 日

168

春华秋实

　　早春三月，"草色遥看近却无"。一个周末的晚上，一位老朋友邀黄秋实先生和我在一起喝茶。落座后，老友喜形于色，递给我两幅塑封大照片，我接过来一看，着实吃了一惊：黄秋实书法长卷上，竟出现当代书法大家沈鹏和欧阳中石先生的书法墨迹。"珠联璧合，翰逸神飞"，这是书法大家欧阳中石先生为黄秋实书"王铎诗八首"和"张若虚春江花月夜"两幅行书长卷的评语。而中国书协名誉主席、当代书法大家沈鹏先生，为该两幅长卷题写了卷首名。

　　黄秋实先生多年致力于中国传统书法的研究与创作，曾发表过多篇有见地的书法理论文章与评论，并结集出版《六雪斋书画》一书，以诗化的语言，大视野、全方位地阐释了传统书法艺术。他从理入于技，从技入于艺，从艺入于道，完成了书法"悠然自化"的过程。其书风苍劲老迈，潇散俊拔，饱含文人气息。他的作品，广泛见诸各种媒体，并为收藏家和书法爱好者所喜爱。

沈鹏、欧阳中石这两位当代书法大家，为黄秋实题签写跋，此前，我和黄秋实先生多次见面，他只字未提过。当在座老友们怀着景仰之情，说起两位顶尖级人物同时为一人泼墨，实不多见，并引用了司马徽老先生的"伏龙凤雏，得一可安天下"时，此时的秋实先生一直静坐不语，似什么事情都没有发生。低调行事，踏实治学，可谓当下文艺圈的楷模。

《颜氏家训·勉学》中说："夫学者，犹种树也。春玩其华，秋登其实。讲论文章，春华也；修身利行，秋实也。"《后汉书》也有"春发其华，秋收其实"之说。其实，秋实先生也曾有过春花烂漫的岁月，他曾从事过专业技术，是电气高级工程师；他曾从事过各种工作，在省委政策研究室任综合处处长，是省委决策机关的外脑、智囊团成员；他从学生时代就钟爱文学艺术创作，1958 年在《北方》发表处女作，半个世纪，笔耕不辍，积累的原稿达八十四卷，案头创作的书法作品达几个等身之高。先后出版过诗集、散文集、评论集和书法等专著十余部，并结集出版了百余万字的《黄秋实文存》。2012 年又被授予"省功勋老艺术家"称号等。面对如此之多的收获和积累，秋实先生从不张扬，一贯低调做人。这让我想起老子的一段话："江海之所以能为百谷王者，以其善下之也。"处下居后，不争之德，从秋实先生为人为学中，我们可以感受到些许中华民族古代哲学的思想之光。

秋实先生的书法作品，像黑土地上一束束金黄的稻谷，放在手上掂量，籽粒饱满沉甸甸。其实，秋实先生本人，就是一株低头沉思的谷穗，诚实、厚重、谦恭。他从文联副主席、《书法赏评》主编的领导岗位退下来之后，潜心书法研究和创作，从临帖始，不靠名位，不走邪门歪道，一步一个脚印登上书法艺术之殿堂。秋实先生在党政机关工作多年，讲政治，识大局，有口皆碑，公认他是一位居庙堂之高忧民、处江湖之远忧君的谦谦君子。

我和秋实先生交往多年矣，推心置腹，无话不说，情同兄弟。让我感慨不已的一件往事，历历在目，仿佛就在昨天。那年仲夏，我和黄秋实先生、范震威先生等作家、艺术家去林区采风。在兰陵河漂流，我们三人都没下水，目送一只只橡皮船顺流而下，便回到桦树林中的蒙古包里谈诗论赋。旧地重游，尘封的思绪在不经意间被唤醒，我背诵了当年在此地写过的一首小诗：大山醒来早/晨风编战歌/筑路工人出战/个个朝气蓬勃/打钎声，震山壑/号子声，飘四野/林区节令虽早春/人心却比火炭热/小车咕咕穿梭飞/土篮似雁列阵过/干劲催得脚步风/脖颈汗水串串落/哨声响，林中小憩车边坐/毛主席著作一打开/引来朝霞红似火。秋实先生听罢，有几分激动，动情地说，一个从大森林走上文坛的伐木者，最初未必想当作家，没有目的却合目的，这大概就是哲学中的那种境界。过后，我和震威先生不止一次感叹，在众多诗人、书法家之中，像秋实这样涉猎哲学且能讲出一二的，怕不多见。

秋实先生可以称为有才华而不逞、有名位而不争、在诗书间默默笔耕的贤人。有春之耕耘才有秋之收获，聊发感慨，以寄所怀，春华秋实。

2017 年 10 月 3 日

走进李璞的世界

我没见过李璞其人，却久闻他的大名；我不认识李璞其人，却和他同一代的著名版画家张朝阳、陈玉平是好友。当李璞坐在我的对面，促膝交谈，从乡村的茅屋草舍，到北大荒的广袤沃野，我无论如何也不会把这位敲开欧洲艺术大门的旅日画家同这样一位年纪轻轻的人联系在一起。

我对年龄的判断并不可靠。其实，李璞并不年轻，已近花甲之年，艺术的活力，让他充满了青春的活力。他是从版画起步的，一步一步走上中国画坛。20 世纪 70 年代初，身为北大荒知青的他，其版画作品就曾多次参加全国美展。1987 年，中国美协等四家单位，在黑龙江省美术馆为他举办个人画展，他从此声名鹊起，在冰城哈尔滨掀起一股李璞热。然而，他没有沾沾自喜停下脚步，毅然东渡扶桑，去开垦自己想要开垦的处女地。

在国外，为了生存，一些从中国来的画家，一改自己的油画或国画，去画人物肖像，还有的画家干脆改行，或去办实业或去经商。艺术的发展已从直观欣赏走向要求绘画作品有更深层次的思想性。欧美经济发达，重视人的素质教育，从小学起就培养如何欣赏艺术品，特别是绘画作品。在日本，小学生亲手刻木版画，每一所中学都有铜版画印刷机。社会经济发展，现代观念随之变化，不断出现新的艺术流派、新的艺术思潮。而中国经济发展与西方之差距，使中国本土的艺术家难以跟上西方艺术观念的发展。第三十三届巴黎国际现代艺术博览会（FIAC），没有一家来自中国本土的画廊参展，但也不乏中国作家的作品，都是旅居海外的中国画家之作，被国外画商拿来。中国改革开放后走出国门的画家很多，他们有了接触西方现实社会的机会，但能够接受西方艺术观念，作品达到一定层次的并不多，这就看画家个人的悟性和才华了。

李璞先生的作品所具有的东方艺术思维底蕴，现代的画面结构连西方艺术界都感到神秘，新奇的全新艺术语言，明确展现了他全新的"似懂非懂"的艺术理念。"艺术来源于生活，生活中有着太多的神秘让我不懂或似懂非懂，自然艺术就应该表现这种似懂非懂的境界。我追求这种境界。"李璞先生如是说。既然生活中有这么多我们不懂的存在，李先生作品似懂非懂的艺术主张确实表现了人类在艺术思维上尚未开发的一个新领域。他的艺术观走在了世界的前沿，作品走进欧美市场当是顺理成章的事。他的无为或少为的艺术主张，复杂神秘，让人捉摸不定，这正适合了西方艺术界对极简主义的虚无观念感到厌倦、渴望新的艺术刺激的心理。所以他的作品能进入世界的五大现代艺术博览会（瑞士巴塞尔、法国巴黎、德国科隆、西班牙马德里、美国芝加哥）。他的作品在欧美绘画市场的出现，巴黎个展的盛况，以及他的名字和作品被载入法国出版的《世界绘画艺术名家大典》都证明了他作品的艺术价值和西方艺术界对他作品的评价。他创作的既不是油画，又不是水墨画，开创了流彩画——一个新的画种，而不是画派；似懂非懂的理念，使其占领了一个崭新的艺术制高点。他成功了！我国画界权威、中央美院教授彦涵先生称赞"李璞流彩艺术当今首创"。

西方社会有着成熟的艺术品市场，历来与房地产、股票并列为世界三大风险投资。艺术品不仅是公认的物质资源，也是西方社会追求的精神财富，随时需要点亮，需要新的投资目标。李先生的作品戴着东方艺术思维的神秘面纱走进这个市场，让人耳目一新，让人似懂非懂，而让人更想揭开这层面纱。

19世纪末，西方绘画曾受到东方美术和部分原始美术的启迪，寻找新的出路，从此产生形形色色的现代派美术。今天具有东方艺术重装饰、善表意的审美特性的神秘的流彩画，又一次碰撞西方的价值观、审美观，又一次显示了东方艺术的魅力。

从李先生的流彩画走进世界艺术品市场，我们看到中国绘画艺术也应该走创新之路，不仅需要物质的创新，也需要精神层面的创新。只有创新、另辟蹊径，才能有更多的中国画家走进世界艺术市场。李先生的艺术实践就证明了这一点，给我们带来太多的启示和鼓舞。

盛夏的一个中午，电话相约，我来到李璞先生在哈尔滨的寓所。在他的家里，我迫不及待地观赏了他的流彩画。看着看着，艺术的通感让我想起袁枚的两句诗："夕阳芳草寻常物，解用多为绝妙词。"这些画构思奇特，笔路盘旋，内在的律动节奏鲜明，似懂非懂之间，我似乎悟出点什么，驻足思索，竟感到有一种超然的享受。我猜度，创作这样的画，是画家头脑中的瞬间闪光，是行云流水般的涌出，不是吗？流彩画向我们展示的，不仅是李璞独创的画种，而且是他非同寻常的艺术才华。

"潮平两岸阔，风正一帆悬。"李璞是喝松花江水长大的，哈尔滨的欧风文化潜移默化地塑造了他的欧风灵气。"不言春作苦，常恐负所怀。"十二年的北大荒生活，黑土地文化奠定了他艺术思维之源，北大荒的神奇，原始的沧桑壮美是他艺术之根，鲁迅美术学院为他打下了深厚的艺术功底，加之他超常的灵性和勤奋，当然少不了勇于探索创新的精神，才有了今天的流彩画。

北大荒版画、流彩画、欧洲绘画市场，从李先生的经历可以看出其内在的联系。哈埠的欧风城市文明使他骨子里就打上了欧风理念的印记，这与今天他的作品走进欧美艺术市场不无关系。而北大荒地理、地貌及气候都近似东欧的西伯利亚，明显受苏联绘画影响的北大荒版画的写实的浪漫主义色彩，与欧洲的某些浪漫主义理念有相近之处。改革开放后，欧洲（西方）现代文化、现代意识的大量涌入，冲击着中国艺术的传统创作观念，正是此时，李先生的流彩画研创成功，完成了从北大荒版画向现代艺术的历史转变。我们在他流彩语言早期运用的作品《东流》《冰上的梦》《补天》中可清晰看到这个转变过程。

《东流》描写了北大荒初春开江的冰排随波东去的壮观场面，且是在一个宁静的月夜。那一轮夸张的明月就是流彩画早期的运用，不仅衬托出了无可奈何大江东去的伤悲，更突出了作者像大江一样容纳一切变动、碰撞的胸怀，且又让人在月面的流彩肌理中似乎可找到一些我们似懂非懂的自然、人生的哲理。《补天》那随意漂流的色彩，形象地描绘了远古洪荒时代女娲补天的自然壮观和神秘景象。此时，流彩画的艺术语言已初具雏形。而后来全部由流彩语言巧夺天工组织的画面，达到了高层次的神秘莫测的艺术境界。从《天苍苍》的地老天荒、苍茫奇美到《天书》的神秘未知，他的似懂非懂的高深意境和创作理念已经确立，超于物象，天人合一。东方的神秘，征服了世界，李先生的艺术正向世界艺术的高峰挺进。

当我走进李璞先生的世界，看到了一个感情极其丰富但不善言辞的人，看到的是一个历尽艰辛真实的人。在李璞夫妇送我下楼的一瞬间，我突然想：李璞，这位从黑土地走向世界的当代画家，一如奔腾不息的松花江水，那波涛，是他呼唤大海、呼唤远方的滚滚思绪。

2015 年 3 月 12 日

黑土地作家老屯

令人难以置信，这部上下两卷本、六十五万字的长篇小说《荒》，原创于"榕树下"全球中文原创作品网，后由北京作家出版社出版，网上网下读者齐声叫好，好评如潮，接连两次荣获国家级奖项。《文艺报》用一个整版的篇幅，发表了曾镇南等多位评论家的文章。诸家一致认为，《荒》再现了建国后到改革开放近半个世纪的老一代北大荒创业史，是黑土地作家表现农村题材的一部不可多得的长篇力作。世界速滑冠军大杨扬亲笔写下"同是大荒人"的题词，以表达对这位家乡人的钦佩。近日，小说由作家出版社再版，向全国发行。这部表现原生态乡土景观和原生乡土经验的长篇小说的作者，就是生于斯、长于斯，从网络起步走上文坛的黑土地作家——老屯。

虽然我和老屯都是省政协委员，但我们却是在长篇小说《荒》的研讨会上结识的。研讨会由黑龙江省政协副主席谭方之发起，省作协主席冯建福主持，规格相当之高，参加研讨的专家学者，皆是本省文学界的重量级人物。不论作家还是评论家，对老屯一致称赞：为人谦恭，微笑总是写在脸上，一双明眸透出精明干练。就是在这个研讨会上，我才得知这部长篇巨制是怎样诞生的。

老屯，真名郎纯惠，黑龙江省七台河市政协主持工作的副主席，人称郎主持。毕业于黑龙江大学中文系文学专业、时任省政协常务副主席的谭方之，在多年的工作接触中，发现当过区委书记的老屯，生活底子厚实，善于观察生活，又具备文字和语言的基本功，便鼓动其创作小说。谭主席对老屯说，我交给你一个任务，工作之余写出一部农村题材的文学作品来。郎主持每次到省里开会，谭主席必问小说的创作进展情况。不止一次地对他说："我这个人做事可认真啊，已经把你写小说的事记到日记本上了。"三年之后，郎主持交上了这份答卷，将散发着油墨清香的《荒》送到省政协办公厅，谭主席一页页翻阅，脸上掩饰不住欣慰的笑容。每当人们赞誉这部长篇时，老屯要说的第一句话就是："这个小说是我的老领导谭主席一手扶持起来的。树高千尺离不开根，我的根在政协。"

《荒》出版后，《光明日报》《文艺评论》《北方文学》等报刊以及网上纷纷发表评论，在国内掀起了一阵不大不小的老屯热。专门为赵本山、高秀敏、范伟写小品的剧作家何庆魁，从吉林赶到黑龙江，找老屯商议，拟用《荒》中部分故事情节，改为小品本子。何庆魁说，我们买点子，按惯例付酬。老屯朗朗大笑道，何老师能看上这玩意，我就无可无不可了，不言付酬。经过一番认真探讨，老屯觉得何庆魁写小品的路子和风格，不适宜改《荒》，很难让"铁三角"出戏，于是暂时搁浅下来，许多知道此事的人无不惋惜。这部作品，是从农村土生土长出来的原生故事以及原生的乡土视角，不是小品所能表现的，许多评论家如是说。

真正的作家，有的居庙堂之高，但更多的则是处江湖之远，根在乡土。在刚刚闭幕的省政协九届三次会议上，老屯是文艺、体育组的第一召集人，这个组集中了省内文体界精英的代表。分组讨论，当介绍这届新增补的一位画家委员时，老屯用土话对大家说："咱们那撇（边）当间（中）那位新来乍到，请各位给呱唧呱唧（鼓掌）！"不论日常工作、生活，还是著书立说，老屯是以一种"屯子里人"的姿态、"屯子里人"的目光，保留着黑龙江本土作家的本色。

上上下下，几乎所有熟悉他的人，对他的真名实姓好像渐渐淡忘，都亲昵地称之为"老屯"。

2004 年 5 月 7 日

谦谦雅士陈玉谦

中央电视台一套节目黄金时段播出的电视连续剧《插树岭》，可谓家喻户晓，收视率创历史新高。编剧郁晓，人们或许不知道，郁晓是著名作家陈玉谦、曲晓平的化名，就连我这个老朋友也蒙在鼓里。直到在京参加全国第七次作家代表大会，住在北京饭店同一层楼，说起此剧，才知道这个化名是从夫妇俩的名字中各取一字的谐音。我问陈先生："何以不署真名？"答曰："给观众看的是剧，不是名字。"如此低调，令我不禁想起陈玉谦先生的座右铭："淡泊名利，品味人生，咀嚼生活。"作代会期间，我和玉谦兄朝夕相处，可谓零距离接触，在一起论创作，谈人生，我突然萌发写一篇文章的念头，告诉广大读者，这位年逾古稀的作家，如何度过七十年的风风雨雨，如何走过五十年的创作历程。

1936 年春天，陈玉谦出生在卜奎（今齐齐哈尔）一个职员家里。呱呱落地之时，外面传来锔锅锔缸的叫卖声，父亲赶忙出去买回一个铁锔子，钉在炕沿上，给儿子起乳名叫锔子。或许就是这把铁锔子，锔住了陈玉谦两次大难不死的生命。

20世纪50年代中期，二十岁刚出头的陈玉谦，就以煤矿工人为素材出版了小说集《来到千金寨》，又以在《新观察》上发表的散文《我和舅舅》，夺得1956年全国青年文学创作奖。天空如同升起一颗闪亮的新星，陈玉谦红透了抚顺半边天，成了煤都的名人。他参加了全国第一次青年创作积极分子代表大会，受到毛泽东等中央领导的接见，时任团中央书记的胡耀邦同志，还亲自到住地看望了代表。反"右"运动开始了，踌躇满志的青年作家陈玉谦，被飞来的横祸无情地投进人生的谷底。在世人的白眼中，初出茅庐的书生无法呼吸，无地立足。他决定以死解脱，坐在铁轨旁的他从日出到日落，足足吸了两包烟。当火车飞奔而来时，他伏身在铁轨上……轻生人的反常，早已引起一位老羊倌的警觉，刹那间陈玉谦被老人拉下铁轨，两记耳光打醒了他。老羊倌嘟哝着将他拉回家，给他吃了一顿苞米面饼子豆芽汤。两天水米没打牙的亡命人，面对眼前两位慈祥老人，放声痛哭。老羊倌让陈玉谦挨着他睡在热炕头上，掰饼说馅地劝了一夜。多少年过去，陈玉谦未曾忘记救命恩人，在最困难的日子里，他也要口挪肚攒省下几个糊口钱寄给老人。

陈玉谦的命是保住了，厄运却是刚刚开始：他被发配到黑龙江——北大荒。

这期间他又一次与死神擦肩而过。"右派"摘帽后，正值全国搞现代戏调演，在好友的撺掇下，他趴在土炕上，就着小油灯写了一部十六场的现代京剧《龙泉流水》。运动开始了，陈家被抄，七麻袋书刊、手稿堆放在马路上，狂热的革命小将要将它付之一炬。陈玉谦的心在流血。那些尚未变成铅字的书稿是他的生命，命根子断了，他活在这个世界上还有什么意义呢？陈玉谦纵身跳进火海中，手疾眼快的邻居王大哥一把将他拉出来，衣服已被烧着的他立刻被小将们打翻在地。半夜，有人打开房门，催他快逃。在这个漆黑的夜晚，逃到浑河岸边的陈玉谦仰天长叹："哪里是我陈玉谦的栖身之地呀?!"进入新宾县野兽出没的深山老林，腹中无食，双脚磨出了血泡，他昏倒在群山包围的峡谷中。后来他被当地的革命群众当特务抓起来，再后来，他被遣送回原籍。

嫩江边上无声无息地钻出一棵小草，这小草用身上仅有的一抹绿色回报滋养他的黑土地。在那个特殊的时代，农村有个特殊的职业叫赤脚医生。为了生存，陈玉谦利用自己曾学过的专业，在善良的村支书的关照下，当上了赤脚医生，为乡亲们医病疗疾，很快在十里八村中成了名医。

平反后，已届知天命之年的陈玉谦，迎来了文学创作的新的春天。他倍感时间紧迫，自策奋蹄。

陈玉谦和曲晓平是夫妻作家、最佳拍档，也是最早换笔用电脑写作的夫妻作家。两人共同创作出版了十部长篇小说、八部电视连续剧。有四百多万字的散文、短篇小说、报告文学发表在全国报刊上。长篇小说《矮子屯传奇》获联合国人口基金会"五十亿人口日"国际大奖，并被译成英、法、德、日、俄等七国文字。电视剧《鹤的忧虑》在中央电视台播出后，被交换到泰国、新加坡、马来西亚播出。在报刊上发表的各类作品，多次获国家级奖项，多篇作品被译成外文。长篇小说《蛙鸣》出版后，在社会上引起强烈的反响，由此引发一场声势浩大的全国性保护野生动物活动。

2002年，陈玉谦和妻子一头扎进农村，一待就是一年。在写长篇报告文学《拓荒人》的日日夜夜里，陈玉谦含着速效救心丸，妻子吸着氧气在电脑前写作。二十多万字的书稿完成了，夫妻作家也累倒了。作为"十六大"献礼书目的《拓荒人》，放在了胡锦涛总书记的办公桌上。书中主人公付华廷被选为十六大代表、全国劳动模范。

《拓荒人》获国家和省报告文学奖项之后，他们又推出了长篇报告文学力作《齐齐哈尔脚步》。这部作品，堪称陈玉谦夫妇的又一部反映振兴东北老工业基地的壮丽诗篇。

"锦瑟无端五十弦，一弦一柱思华年。"在这篇文字行将打住之时，引用李商隐这两句诗或许再合适不过。陈玉谦——这位在风雨中走过整整半个世纪创作历程的谦谦雅士，躬身耕耘，和爱妻曲晓平相濡以沫，携手相扶，并肩行进，行进在枫林如火的山野间，行进在蔚霞满天的金光大道上。

2008年4月13日

德兄，一路走好

吴德麟走了，文艺界、新闻界的朋友无不为其英年早逝而深深痛惜。几百人来到告别大厅，没有悼词，没有哀乐，只有行行泪水默默为这样一个人送行。

抗日战争胜利前夕，德麟降生在鹤城一个平民家庭。他读书不多，天资聪颖，十七岁那年被齐齐哈尔市歌舞团选中，在团里担任笛子演奏员。几年后，调入黑龙江省广播文工团，先后任演奏员，文艺部音乐编辑、组长、部主任，省音像出版社社长等职。他曾撰写许多音乐理论文章，其中评论我国著名歌唱家张权的专著，在音乐界颇有反响，先后获省和国家级奖项。

八十年代后期，吴德麟出任团中央青年交流中心下属的一个实业公司的总经理。公司从起步到发展，他呕心沥血，付出了相当大的代价。他把老老实实做事、清清白白做人奉为人生信条，总公司老总不止一次地感慨，像老吴这样的人实在太少！德麟的公司在省展览大楼里，并且有一定的影响和实力，但他每天坐面包车，拎着饭盒上下班，天天如此。一楼门口值班室的工作人员逢人便讲，吴德麟是这个大楼里唯一一个坐"微型"拎着饭盒上班的公司老总。榜样的力量是无穷的。在他的带领下，这家公司从创办始，所有人员全都带饭盒上班，已成为不成文的规矩。对待朋友，他却出奇大方，我曾不止一次临时向他借钱，几百元几千元乃至上万元，从未让我出过借条，从未向我催讨过。我至今依然记得，在每人每月一斤大米、半斤猪肉的年代，他几次要我去他家吃饭，大米饭猪肉炖豆角，我感到这已是神仙般的生活，而他却因不能多弄几个菜而屡屡抱歉。当时他的家，除去一张大床之外，仅有的一件家具，是用牛皮纸糊就的大衣柜。去年夏天患病期间，我约他到江北太阳岛走一走，回来的路上，他支撑着病弱之躯，在河图街的一家饭店招待我们几个人。其时，我没有意识到他的时日不多了，可哪里料到，这竟是我们最后一次聚会。让我后悔不迭的是，我陪他出来散心，只带了一小袋西红柿和两瓶白开水。

德麟相貌堂堂，一表人才，是大家公认的美男子，可是竟没有听见一句关于他的绯闻。工作之余，读书、写字、打电脑是他的三大爱好。写读书笔记，习练行草隶篆，对电脑到了痴迷的程度。他自嘲道，已经修炼到两耳不闻窗外事了。每天从办公室到家，从家到办公室，两点一线，循环往复，不唱歌，不跳舞，不进歌舞厅。公司的人说，吴总没有迈过营业性娱乐场所的门槛，文艺圈圈里圈外的人无不叹服。

得知患了不治之症，德麟泰然处之，心理承受能力令人难以置信。面对病痛的折磨，他打电脑排解，有时在电脑桌前一坐就是几个小时。我每次去看他，他总是面带微笑，异常平静地说，得上这种病，一是拼精神，一是拼经济，这两条耗尽也就差不多了。在他咳嗽不止用自己想出的办法排痰之时，还让守护他的家人告诉对面病房的病友，用他的排痰法试试。

为德麟送行那天，小雨伴着人们的眼泪潸然而下。当将他的骨灰安放完毕，天晴了，雨停了，老天似乎告慰生者：入土为安，逝者的灵魂已经安息。蓦然，我想起最后一次去医院看望他的情景，告辞时，他在病榻上，吃力地对我说，老弟，不能送你了，下楼慢走。而现在我却要对他说，德兄，你驾鹤西去，一路走好！

2002 年 9 月 2 日

为一位重情重义的人送行

徐宝山先生走了。一位大家公认的重情重义的人悄然离去，令诸多好友痛惜不已！此刻，捧读他那部厚重的留给人世间的大著《心弦余音》，要说的话潮水般地涌上心头……

记得多年前的那个冬季，康金镇《八卦街》主编史文祥写了篇以某厅局长为原型的小小说，一再曰，这个故事并非虚构，绝对真实。讲述的是主人公上小学时，路边修自行车的大伯免费为他换了一个气门芯儿。二十年后，得知家乡的这位老人故去，他驱车前往，给其家人送去二百元钱，不留姓名，惊得全家以为是在做梦。此厅局长，就是哈尔滨广播电视局副局长徐宝山先生。

茶凉与茶热，真情贵恒温。此后，我和宝山先生从相识到相知，成为君子之交淡如水的朋友。

宝山先生和我都是喝呼兰河水长大的，他住在河东，我住在河西，皆有很重的简直不能释怀的故乡情结，心中积有不可化解的浓烈乡情。宝山先生不止一次约我去他的故乡康金镇，他为家乡的《八卦街》文学期刊慷慨解囊。也不止一次约我去呼兰河畔，眺望家乡的田野，在高粱拔节的地头，他吹奏口琴，高唱《在希望的田野上》，那么快乐，一位年已花甲的老人，似一个天真烂漫的孩童。

这种故乡情结，在宝山先生的散文集《心弦余音》中，体现得淋漓尽致。我以为，这部厚厚的大书只写了一个字，那就是情。写爷爷一辈子信佛、修好、行善，爱鸟爱生灵，花钱买鸟放生；写极富同情心、凡事替别人着想的父亲，进城为生产队买电机井部件，身背的帆布书包被小偷用刀子割破，把公家的钱丢了，社员大会讨论，"全民公决"，不让他赔偿，感动得他眼泪直在眼眶子里打转，可他两天两夜没回家，修复了一台旧铡草机，卖了三百元钱悉数还给生产队；写累弯脊梁的母亲；写姐姐的遭遇、妹妹的夭折；写童年多村的记忆……我曾将这精彩的片段读给家人，读着读着竟读不下去，几近哽咽。何以至此，这是因为作者对家乡的亲人、土地爱得太深沉。

宝山先生带着故乡情，从南开大学毕业后回到省城哈尔滨，肩上扛着家乡的嘱托，兜里揣着亲人的叮咛，叫他如何不沉重。世代依附土地、依附官府、脸朝黄土背朝天的农民，以为省城有人就能办事，殊不知宝山先生心有余而力不足，他能做到的，一是四处托人，二是回乡安抚乡亲，三是愧对自责。回家过年时，他像看望母亲一样去看望三舅妈，几乎年年如此；为报答孩提时曾帮助过他的一个发小，从单位同事的手中借了五十元钱，却没能见上最后一面，令他良心不安。发小留下的孤儿寡母，他不间断去看望，只是为尽一点儿心意。无情未必真豪杰，宝山先生以自身的经历和切身感受告诉人们：报答，是人的一种良知。

宝山先生是个才子，笛子、口琴、二胡无所不会，诗词歌赋无所不能。而我要说，比他的才能还要重要的，是他的为人和品德。上小学时，他不要家里一分钱，每天上学拾粪，卖了六元钱买了一把二胡；生产队派活儿，他是个较差劳力，有自知之明，虽然说这是个脱坯时端泥的累活儿，可有人不嫌弃要他，便很是感激，把藏在草丛里的香瓜拿出来，像报答恩人那样送给人家吃。

多少年过去，宝山先生不论在乡下还是在城里，对那些讨饭的、拉二胡行乞的，他都慨然相助，显然，前面提到的寻访修车人并不是个例。这正应了他自己躬行的"言善不如心善，心善不如行善"的人生座右铭。

重情重义的大好人徐宝山先生，一路走好！

2017 年 4 月 5 日

活得乐和的人

沿着时光的轨迹往回找寻，眼前闪现一个音容笑貌甚为熟悉之人，这就是我的第一个上级——"马老夫子"，一个活得最乐和的人。

那年，我在伊春林区下属的一个木材加工厂当秘书，马老夫子是办公室主任。其人只读过小学，虽然文化不高，但肯钻研，喜读书，尤爱古诗文，写机关应用文不落俗套，技高一筹，常常引经据典，让舞文弄墨的大小秀才无不叹服。

1964 年"四清"运动伊始，我俩一同参加工作队，马主任任副队长，我在队部里搞综合。一次我起草一份工作队进点情况简报，写的是所谓林区阶级斗争新动向，标题是《心怀叵测，别有用心》。马主任看后，莞尔一笑，略加思索，将标题改为《项庄舞剑，意在沛公》，然后亲自动笔，通篇用半文半白的文字表述，写得简洁明了，生动鲜活，颇有文采。上报工作团，一位主要领导大为赞赏，说了一句"真乃老夫子"！于是乎，刚过而立之年的马主任，由此得名马老夫子。

在"四清"工作队的日子里，每天晚饭后，马主任约上几个人，沿着乡间小路散步。一日，走近靠近山脚下的一个小屯，但见杏花枝头春意闹，一条小河从村前缓缓流过，牧鹅姑娘赶着鹅群归来，似赶着晚霞中的片片云朵。马主任驻足看了很久，喃喃自语："将来退休了，在这里盖两间草房，栽几棵果树，过过这神仙般的田园生活。"他触景生情，当即赋诗一首："房前桃李房后花／依山傍水独一家／闲来无事把鱼钓／儿孙满堂笑哈哈。"马主任知道我在报刊上发过诗歌，便问我这首打油诗如何。我半开玩笑道："诗挺好，第三句可否改为'清晨傍晚学毛著'？"马主任不假思索道："那就没鱼吃了！"大家一笑了之。孰料，这件事"文革"中被人揭发出来，竟成了"走资派"马老夫子一大罪状，翻来覆去地批斗。批斗会上，马老夫子漫不经心，一副天真的样子，眯着眼睛笑嘻嘻道："深挖思想根源，小农意识，一匹马两头牛，老婆孩子热炕头。我想的就是找个世外桃源，挑着担卖点杏和李子，钓点鱼吃，算是革命意志衰退吧！"检讨多次，总是过不了关。

"文革"后期落实政策，马主任得以官复原职。在全厂科级以上领导干部座谈会上，马老夫子禀性难移，把自己在运动中的切身体会编了一套嗑，抖搂了出来："一顶高帽头上戴／二老爹娘挂心怀／三令五申被敦促／四邻不安／五（武）斗触及皮肉／六岁顽童骂混蛋／七（妻）子担惊受怕／八面楚歌／九十度大哈腰／十（实）实在在不能干。"这下可好，本是发发牢骚而已，却被当成攻击无产阶级"文化大革命"的反动言论，层层上报。许多人都为其捏一把汗。马老夫子仍是嘻嘻哈哈，眯着笑眼漫不经心地说："大不了再被打倒一回！"还好，上级传下话来，此事不予追究，于是，由大化小，由小化了，最后不了了之。大家猜测，马老夫子可能沾了根红苗壮、三代贫农的光。

八十年代，马主任当上了厂老干部办主任，和离退休人员相处得十分融洽，深受拥戴。每逢大家在一起相聚，马老夫子总是站在门口迎接，一一问候；对久不见面的老友，佯装正经，实为戏谑，紧紧握住对方的手说："还健在呢！""你这个老顽童！还得把你打倒，再踏上一只脚！"一阵轻松大笑。

后来听说，马主任离休后回了老家，整天价乐乐呵呵，读书练字写诗词，爬山散步打台球。去年仲夏，在松花江畔的一个度假村，我们不期而遇，他是偕老伴出来旅游的。尽管岁月的霜雪从头顶降下，然而，马老夫子腰不弯背不驼，十分硬朗，见面先打了我一拳，然后好一顿把我拥抱。我不无感慨地说："马主任，咱们三十多年没见面了，您仍是老样子，还是那么乐和！"马老夫子若有所思道："黑白颠倒的年头都挺过来了，现在这等好，还有啥说，快快乐乐，过好每一天！"说着说着，大手一挥，朗诵起苏轼的一首词："老夫聊发少年狂，左牵黄，右擎苍。……酒酣胸胆尚开张，鬓微霜，又何妨……"背诵毕，伸伸胳膊踢踢腿，在脚下的绿草坪上连折了两个前滚翻。我不敢相信，一位年逾古稀的老人，竟活得这般快乐。

2006年9月9日

初学写作的日子

省文学院院长李琦告诉我，高评委全票通过我申报的一级作家职称。我似乎还未修炼到荣辱不惊的份上，但还不至于手舞足蹈，正如我年轻的时候想当官，多少年也当不上，若干年后当上了，也感受不到有什么新鲜刺激。

不过，这足以使我心理平衡，情不自禁地回想起当年初学写作的那段日子。

1963 年初冬时节，我只身一人到号称"亚洲第一，世界第二"的铁力木材干馏厂当学徒工。百十人住在一个大俱乐部里，清一色来自哈齐牡佳的高中毕业生。都穷，我更穷，一条单薄的裤子，一条滚包的被子，一双破胶皮鞋絮着乌拉草，连双不打补丁的袜子也没有。大家都吃不饱，来自哈尔滨的几个师兄弟从省城里带来点固体酱油块，每天晚上用开水冲着喝，有时分给我一点。无功受禄心不安，我常常躲到墙旮旯，在昏黄的灯光下看书、写稿。

转过年来，我们这帮新招来的技术工种学徒工要去外地城市化工厂实习，对于我这个没离开过山沟的十九岁青年，太具诱惑力了。不知何故，包括我在内十个有"劣迹"的人被刷下来。我的罪名是不突出政治，净看些"封资修"的书，一门心思写作，不务正业。我没有去东找西找，不想赖眼子求食，只有默默地承担下来。其他九位师兄弟东的东，西的西，走死逃亡，而我，横下一条心，一不做二不休，咬紧牙关，在文学创作的道路上开始艰苦的长途跋涉。

先有生存、温饱，才能求发展。我无甚面子可以顾及，为了吃饭，只有到又苦又累的基建工程队去当力工，这是唯一的出路。挖排水沟，筛沙子，挑土篮，推独轮车运土方……在炎炎赤日之下挥汗如雨，一天到晚拼命干，浑身脱了一层皮。苦中有乐，有时一个人站在蓝天下，大声朗读自己创作的诗篇。当时挣的是计件工资，一个月下来一结账，居然没完成定额，每天只挣六角钱，还不够饭伙。我大惑不解，这定额到底为何物？在明白人的指点下，我才明白过来。

原来负责验收的现场员是个酒徒，此人姓丁，嗜酒如命，外号"丁大酒壶"，每天小脸喝得红扑扑。一日晚上回家，老婆气得闩上大门，任他如何敲打，就是不开门。丁大酒壶无计可施，只好跳板障子。障子是用参差不齐的小径木杆夹的，中间有一道横绕。此公敞着怀，一脚踏着横绕，另一只脚迈了过去，猛地往下一跳，孰料一根小径木杆挂住了衣服，把他又拽了回来。丁大酒壶以为有人拉他，不住地说，别闹！别闹！继续往下跳，怎么也跳不下去，累了，竟然在板障子上呼呼睡着了。就是这位酒徒，验收检尺之前，挣计件的工友都得请他喝酒，多喝多给你检点，少喝少给你检点，不喝他来气了，岂能让你达到定额。

也许我这个"散仙"感动了诸神，竟被工程队最负盛名的先进班组王福林工组收编了，我不敢相信，第一个月工资发了五十多元。我岂敢和这些壮劳力大哥们平分秋色，拿出一些钱来交给工组买点生活日用品，被老师傅们退了回来。我无以回报，只能为他们扫扫地，打打水，写写信，寄寄邮包，时而给他们念念我的诗，相处得十分融洽。

我住的这个独身宿舍只有十二平方米，上下八个铺位，我住在上铺。每天晚上八点多钟，我主动关闭电灯，让师傅们休息。然后将用墨水瓶自制的一盏小煤油灯，在床头点燃，开始读书写稿，每天夜战，雷打不动。稿件似雪片般飞去，又似雪片般飞回，我已习惯在这样的氛围度日，不投稿不退稿，生活似乎缺少点什么。

1964 年第一场雪后，我的第一首诗《上工》发表在《东北林业报》上，之后，接连见诸报端。春节过后，《黑龙江日报》等几家报刊纷纷来信约稿，竟一发而不可收。多少年后方知，《东北林业报》的编辑是满锐，《黑龙江日报》的编辑是陆伟然，这两位文艺副刊编辑，当是我写诗的启蒙老师。正当我创作势头正旺时，"文化大革命"开始了，这场暴风骤雨，摧毁了包括我在内的一大批年轻人的作家梦。

评上职称，我向妻子和女儿讲述初学写作的艰苦岁月，讲那过去的事情。写下这篇短文，对于我女儿这样年龄的文学青年，多少或许有益。

2003 年 5 月 6 日

梦 陕 北

汽车驶入延安已是夜幕时分。从古城西安到陕北，一路上，已近天命或已逾天命之年的六位作家，还从来没有这般兴奋过。从小学课本上就知道，红军两万五千里长征到达陕北——抗日的前哨，觉得那么遥远，今天踏上这片土地却觉得这般亲近。我们是怀着虔诚的心情来拜谒革命圣地的。诗人李琦倚在车窗口，不停向远处眺望，一遍遍大声朗诵"千声万声呼唤你，母亲延安在这里"。

从进入西安始，由省作协副主席何中生任团长的作家采风团，已经自觉不自觉地从"东北军"同化为"西北军"了。何也？这里曾发生过震惊中外进而改变中国历史进程的西安事变，张学良的东北军和杨虎城的西北军是一家人哪！我们这次西部采风，就是要融入西部，目睹和感受西部人民生活与斗争的壮丽画卷。

入乡随俗，民以食为天，吃饭第一。我们由已吃习惯的东北大炖菜一下子改为西北小吃，几乎顿顿要牛羊肉泡馍、臊子面、葫芦头……延安的第一顿饭，选在一家不大不小的金土地饭店，大厅灯火通明，门前车水马龙。小说家孟久成、孙少山在行车路上争论问题，各抒己见，互不让步，但在选饭店上却取得共识。他俩说，像门前停车这么多，原料肯定周转快，不积压，新鲜，在这样的饭馆吃饭放心。大概这就是小说家用心观察生活的视角。

在饭店一个窄小的单间落座，和东北饭馆一样，上茶、点菜、问酒水。不同的是，饭店的主副食和酒水，服务员全给客人详尽介绍一遍，没有一点推销的色彩，之后告诉客人，喝本地酒可以免费听陕北民歌。问酒价，答曰三十五元。我不禁纳闷儿，这么便宜的酒还免费赠歌，利润几何？大家以为，包装这样精美的地产酒，如赠歌，卖上百元也不为过。要了地产白酒，点了小米饭和几个本地家常菜，服务员说声"请稍候"便出去安排了。菜还没上齐，歌手和乐队一班人马到了，我们点了曲目，男歌手唱了两支，女歌手唱了一支，地道的陕北民歌，声情并茂，原汁原味。我们听得如醉如痴，要求接着唱几首，按规定付费，歌手道歉道，得按时赶到下一个饭店，向我们点点头，匆忙离去。这是陕北留给我们的第一印象，多么朴实诚信的延安人！

当晚住在杨家岭的石窟宾馆，但见一排排窑洞，门窗木格子上糊着窗户纸，屋檐下挂着黄玉米穗子和红辣椒，门前的石碾子上落满一层白霜。时值初冬，室内已给暖气，然而一层薄薄的窗纸怎能抵挡住朔风，我和衣而卧盖上棉被，依然冷得瑟瑟发抖。

肯定地说，当年的条件远不如今日，可这就是一代伟人所住的谓之冬暖夏凉的窑洞，无法想象，革命前辈如何走过极其艰苦的战斗历程，我的心灵受到强烈的震撼。

在陕北味道十足、此起彼伏的"东方红，太阳升"的歌声中，我们参观了枣园。我们在毗邻伟人旧居的一间湿暗的屋子里停下脚步，见到一位陕北女子低着头聚精会神地剪纸，图案纷呈，形象逼真，浑厚苍劲，我们想挑选几张"陕北风情"做纪念。女子抬起头来看了看，又低下头去，一首《兰花花》蓦然响起，唱得棒极了，我们听得鼻子发酸，无不赞叹。李琦和她合影之后方知道，这是一位当地颇有名气的剪纸艺术家，名字叫李福爱，曾获全国剪纸一等奖。一张张极富情趣的陕北窗花，传承了气贯华夏至高文明的中国文化，展现了照亮神州悠悠千载的民间工艺，这该是参观旅游纪念之精品。

离开枣园时，头缠白毛巾、身穿对襟汗衫的陕北青年放声歌唱，为参观者送行。歌声激越，久久回荡在延安的坡坡岭岭，回荡在参观者的心中。

米脂、绥德、榆林，是我们既定要去的几个地方，这地名对于每个人都太熟悉了。米脂的婆姨绥德的汉，貂蝉就是米脂人。而"家住绥德三十里铺"这首歌让绥德家喻户晓，有意思的是，闯王李自成的家乡不在出汉子的绥德，而在出美女的米脂。最具吸引力的莫过于榆林，和我的故乡黑龙江的榆林一字不差。

走遍大半个陕北，尽是荒山秃岭、黄土高坡，土地瘠薄，延河干涸，那放牧的羊群、山沟沟里的果园和晾晒在屋顶院中的红枣，只能是借给大黄土高原的点缀。落后的经济像石块一样沉重地压在我们心头，耳畔无时不听到开发西部的呼唤。

榆林让我激动，榆林让我看到希望。这里的名胜古迹保存得相当完好且特色鲜明，城市建设不比东北任何一个中等城市逊色。此行之前，我在哈尔滨一家商厦买了一条羝羊牌棉裤，做工相当精细，到陕北一看是榆林产的，似这样的商品，还有古城牌皮鞋，能打入号称"东方莫斯科"的大商场，不能不让我倍感欣慰。因为这里也有品牌，我们连夜到皮革市场转了转，每人选购了一件羊毛皮背心。

在榆林的几日，一位当地的小伙子做我们的导游。车上，我们要他唱首陕北民歌，小伙子略加思索，十分深情地唱起《泪蛋蛋抛落在沙蒿蒿林》。"羊肚子儿手巾儿三道道蓝/咱们见了面的容易拉话话儿难/一个在那山上一个在那沟/咱们拉不上话话儿招一招手……"我们一下子惊呆了，从来没听过这首陕北民歌。导游说，著名节目主持人朱军是西北人，他在中央电视台即兴演唱这支歌，倾倒一大片观众。在一个小商店，我们买到了有这首歌的盒式带，一路播放。在赴壶口瀑布翻越吕梁山的盘山路上，那凄美酸楚令人心碎的歌声，浓烈地感染了所有人的情绪，使我们忘记了四周是悬崖峭壁，随时有掉下去的危险，就连愿意和司机搭话的诗人戴宁萱也沉默了。司机将车开得不能再慢，聆听着这支歌。美的意境，美的旋律，给人以高尚的冲动，给人以善良的激情。

一行六人依依惜别深深眷恋的陕北。人回到哈尔滨，心依然留在那片黄土地。西部采风，没有一位作家以为这是如人所说的艰苦之旅。直到进入隆冬，我才想起住在榆林金龙宾馆时，忘记退长途电话押金了。我试着给这家宾馆打去电话，前厅部经理董娟受理此事，让我把押金收据寄过去。待将一百元押金邮出，主动打来电话，我说了一句谢谢，对方不好意思道："给您添了麻烦，应当谢您！"这是继金土地饭店之后又一个陕北窗口单位的形象。

在省作协新年联欢会上，为了表达作家采风团对西部的感谢与思念，我唱了几句"羊肚子儿手巾儿三道道蓝"，居然赢得热烈的掌声。掌声肯定不是因为我唱得好，而是如在座的孟久成先生感慨的那样："我们没有白去一趟陕北。"

2004 年 2 月 1 日

驾鹤西去歌犹鸣

——怀念玉鸣

黑龙江画家好友王福林、诗人好友黄继胜接连去世，对我的心脏及脆弱的神经，打击沉重，因此卧病在床。此时，接到韩庆春君从葫芦岛打来的电话，他沉痛地告知我，玉鸣走了！这不啻是晴天霹雳，令人难以置信。这是黑色的一天，我不知道是如何度过的。从这一天起，我躺在床上，望着像电影屏幕般的天花板，夜不能寐，迫不得已，我开始服用镇静药安定。

不能去葫芦岛送送玉鸣，我给他的夫人徐桂英挂个电话。那一刻，我知道所有安慰的话都显得苍白，我只说了一句话："只能正视现实，活着的人好好活着！"放下话筒，但见一个活生生的玉鸣，衣着依然，风度翩翩，从远处走来，渐行渐远，留下那么清晰的背影。

上个世纪八十年代初，我去兴城南关一家小钟表店修手表，在那里结识了玉鸣。得知玉鸣和修表小老板都是黑龙江人，家在克山县，于是，一下子拉近了距离。老乡见老乡，两眼泪汪汪。我邀请两位老乡到家吃饭。老伴见黑龙江老乡来了，做了四个小菜，包的白菜馅饺子，这对他俩来说，在当时可谓高规格接待了，他们吃得那么香甜。席间，得知玉鸣刚刚调到县文化馆，夫人工作尚无着落，带着一个不满周岁的儿子，迁居兴城。没有住房，在县新华影剧院楼顶层的一角，间壁出一个只有七八平米的小屋栖身。面对如此境况，玉鸣乐乐呵呵，无半点沮丧，对未来那么充满信心。尚记得，他从座位上站起来，笑道："会有的，面包会有的。"向前走了两步，如同站在舞台正式演出一样，给在座的人演唱了一首《有一个美丽的传说》："有一个美丽的传说，精美的石头会唱歌。它能给勇敢者以智慧，也能给善良者以欢乐……"他唱得是那般投入，对歌曲的理解如此深刻，让我大吃一惊。一个从江湖之远走出来的歌手，竟唱得这样好，很像这首歌的原唱柳石明。之后，他给我拉过二胡，在我这个门外汉看来，颇似二胡演奏家闵惠芬的演奏风格。

应该说，玉鸣的演唱、演奏皆有相当之水平，而作曲更胜一筹。他在我的诗集《大海中的月亮》中选了一首写山的诗，谱了曲，在兴城广为传唱，在葫芦岛声乐比赛中荣获一等奖。玉鸣把获奖证书寄给我，我很以为然，把证书交给吴宝三文学馆，破例陈列在省级以上获奖证书之中。

我和老伴每年都要回兴城小住，只要告诉他一声，玉鸣必接送我们。从葫芦岛北站到兴城的路上，他兴致勃勃地向我们介绍城市的变化，有时绕道陪我们去看看新建的小区，一张生动的笑脸，掩饰不住的兴奋，为他的第二故乡的发展变化自豪不已。我由此想到1996年，玉鸣和时任葫芦岛市文化局长的韩庆春，去黑龙江招聘文工团演员，我在哈尔滨请他俩吃个便饭。嗣后，陪同的办公室主任不止一次地对我说，李玉鸣把他的家乡宣传到位了，城、泉、山、海、岛，人杰地灵。可见，玉鸣对兴城对葫芦岛是何等情结。

每每谈起本职工作，玉鸣总是那样眉飞色舞，神采飞扬。哪里知道，他是拖着病体之躯，为葫芦岛的群众文化呕心沥血。他一心扑在工作上，无星期天节假日。玉鸣担任市艺术馆长期间，他创办一本内刊杂志，从内容编排到装帧设计，不落俗套，独具匠心，颇似一本有统一刊号的综合期刊。所有了解玉鸣的人无不称赞，玉鸣是一个追求完美的人，不干则已，要干就干到极致。玉鸣英年早逝，驾鹤西去，不禁让人们想起诗人臧克家的《有的人》："有的人活着，他已经死了；有的人死了，他还活着。"玉鸣当属于后者。

初冬时节，我又回到多年居住的兴城老屋。抬头望去，玉鸣三十多年前送给我的那个时钟，依然悬挂在墙上。顿时，我的耳边响起《怀念战友》那首歌。"亲爱的战友，我再也不能看到你魁伟的身影，和蔼的脸庞，你再也不能听我弹琴，听我歌唱……"不是吗？时钟嘀嗒嘀嗒，依然鸣响，那是玉鸣作曲的音符，抑或节奏，和他无比热爱生活的深情歌唱。

2015 年初冬于兴城

面对缤纷世界的凝眸

——孙朝成哲理短诗集《诗悟世象》序

一

诗歌，是反映时代精神最快捷、最直接、最鲜明的一个文学门类。建国以来所谓的十七年，此文体虽然往往和政治相关联，难免有那个时代的印记，但也不乏许多广为流传的优美诗篇。不知从何年何月起，神圣的诗歌，在广大读者的心目中，光彩全无，美丽不再，或散文分行索然无味，或晦涩难懂不知所云。

春夏之交，乡友、北京诗人孙朝成将其新著《诗悟世象》寄给我，要我写个序言。我们是好友，自然无法推辞，可能出自对时下诗歌的偏见，一直未能动笔。可是，当我捧读这本哲理短诗集，竟欲放不能，爱不释手，我为迟迟未读这部作品而后悔不迭！

二

　　何为哲理诗？毋庸赘言，当是作者表现哲学观点、反映哲学道理的诗，内容浑厚深沉、含蓄隽永，大多将哲学的抽象哲理，蕴于鲜明的艺术形象之中。其特点是，诗的篇幅短而精，诗的意趣深而美。纵观诗词盛行的唐宋两代，大家们留下颇多脍炙人口的哲理诗。比如诗圣杜甫的《望岳》："岱宗夫如何/齐鲁青未了/造化钟神秀/阴阳割昏晓/荡胸生层云/决眦入归鸟/会当凌绝顶/一览众山小。"一句"一览众山小"，将诗人的精神世界提升到一个新的高度。再比如宋朝著名文学家王安石的《登飞来峰》："飞来峰上千寻塔/闻说鸡鸣见日升/不畏浮云遮望眼/只缘身在最高层。"一句"只缘身在最高层"，将诗人的价值取向表达得淋漓尽致。这两首哲理诗，我是在中小学时读过的，至今仍念念不忘。这些经典的哲理诗经历代人诵读、引用，几乎家喻户晓。

　　英国著名诗人华兹华斯曾说过，诗是强烈情感的自然流露，一个诗人的价值取向、精神境界、审美趣味等是由多方面因素决定的。其中，天分、身世、阅历、学识、情怀至关重要。像朝成的这首诗"签一纸条约/共同去面对人生/用漫长的坚守/巩固一个爱的联盟"（《婚约》），有感可发，切中婚姻的内涵，成功的前提是诗人的处身环境、生活阅历、情怀和经验。

　　朝成的哲理诗，秉承古人的传统，有所探求。他不似有的诗人，一味地文化加哲理，而是将诗的语言融化之后，创造出新的意象来。如这首写孔方兄的诗"没有时闹心/挣起来费心/闲起来忧心/滚动起来操心"（《钱》），诗人对钱的认识可谓到了极致。上个世纪八十年代，朝成自己一本书未曾出版，却拿出下海淘的第一桶金的四千元钱，为曾编发他诗歌、已退休在家的启蒙老师陶耶先生出版诗集。朝成夫妇在北京大运河畔装修一套新房，供京华来去的文朋好友下榻，去时接风，走时饯行，送站接机，不厌其烦。为方便在市内乘车，每人发放一张公交卡出行。在文学圈里，这般大方的能有几人？他北方人的豪爽与诗人的深沉，表现在诗中则让人读来深思。

三

朝成因为经历丰富，善于深思，能够将大千世界中司空见惯的物象开掘出诗意，像这首诗："在花的王国/你不是最鲜艳/却用身体/温暖了人类几千年/让人赞颂的/是你的奉献。"（《棉花》）有感于物象，感动，首先是热爱。朝成是一位热爱生活、心灵开放的诗人，他愿做这样的棉花，去温暖别人。还有这首诗："稻子成熟了/把身段放低/果实成熟了/把头垂向大地/人成熟了/认识了自己。"（《成熟》）诗句语感纯熟，文采斐然，展现出传统诗词对他的深刻影响。另，"你用形状告诉人们/圆滑，更适于前行"（《车轮》），语出自然，有警句创建，读来让人深思。

四

朝成哲理诗的魅力，源自他综合的美学追求。像这首"是世间最长的等号/一头是思念/一头是期盼"（《铁轨》），将物象与意象天衣无缝地融合在一起，牵出诗情，令人感动。诗人几乎每年都从京都驱车还乡，给他开车的司机大感不解，以为他回老家就是吃点小米饭、喝点大楂粥而已，何必"劳师以袭远"？这位年轻的司机，岂能理解游子难以释怀的故乡情结。都市的喧嚣，湮没了童年的田塍、瓜棚，诗人的心之家依然还在乡土。他写的《炊烟》"是母亲柔韧悠长的思念/牵着游子的梦夜夜回乡"，将意象与情感融于诗中，美且让人产生联想。还有，"承受击打/才会振动发声/人生也是如此/精彩，在起伏中写成"（《钢琴》），一首钢琴吟，无疑是诗人的心灵体验。再看这首《钢笔》，写得别开生面："沙沙沙/你划在纸上/像蚕吃桑叶/明天，为了成功/要让你吐丝。"看似寻常之句，却发人深思，不是概念化的议论，读起来颇有味道。

五

朝成这本诗集中，专门有一辑叫《红色圣地之悟》，其中写到韶山、南昌、瑞金、遵义、延安、西柏坡、北京这些留下深刻历史记忆的红色圣地。因为这类题材的诗写的人太多了，很不容易写出新意来，朝成则剑走偏锋，从独特的角度去开掘诗意，一些警句让人目不暇接。如写韶山："亲近这一块土地吧/就像三千多年前的韶乐/滋养中华民族之魂"；写南昌小平小道："每走一步都在追寻/每走一步都在思考/踏平了困惑/拉直了问号/一个伟人/用一条小道/将现代中国/引向强盛与富饶"；写井冈山："当信仰可以依托一座山/信仰也因此像山一样坚毅/当一座山获得了信仰/山也因此像信仰一样壮丽"；写延安："延安的基因/怎样使一个民族的梦想/变得那样坚实/那样可靠"；写西柏坡："一个在这里召开的会议/为现代中国的发展把脉/为了强大，必须健康"；写北京长安街："卧伏于天安门广场前/像一条跑道/希望——起飞/胜利——着陆。"这些诗意的思考已经超出了一般的表现手法，它更深沉地蕴含了诗人的感悟和情怀，是这些年不多见的表现这类题材作品中的佳作。这也说明了一个道理：诗人精神的高度，就是诗的高度。

几十年来，朝成写现代诗，亦写传统诗，相继出版多部抒情诗集和诗论。这部哲理短诗集，可以说是他诗歌创作的升华和飞跃。一个有思想的人，面对多彩的缤纷世界，不能不凝思默想，发出哲理的思考。朝成不缺乏真切的生活体验，加之敏锐的审美直觉和深切的世象感悟，这部哲理短诗集的诞生，便水到渠成了。

以上一些感想，随意写来，是为序。

2014 年 7 月 6 日于哈尔滨和兴路寓所

传递快乐的使者

——《与风同醉》序

如果我没有记错的话，这当是迟焕发君出版的第十本书了。作为收官之作，焕发君嘱我为这部文集写篇序言。这是老朋友的信任。

我有几分惶恐。此前，已有贾平凹、阿成、李琦等诸名家为其作序，我不知该如何写这篇文字。"眼前有景道不得，崔颢题诗在上头。"我岂敢和李白相提并论，引用这两句诗，无非想说，诗仙尚如此，何况我一凡夫？

焕发君是国家部属单位的正厅级官员，官职相当于古时的太守。历史上，太守作家可以历数若干位，杭州太守苏轼，当是官员作家杰出的代表人物了。时下，人们大多以为，只有专业作家或驻地作家，才会成为优秀作家，此言差矣，实践证明，官员作家未必不优秀。

这部《与风同醉》，书名起得颇为浪漫，既有诗情，亦有画意，令我情不自禁想起一首歌，"吐鲁番的葡萄熟了，阿娜尔罕的心儿醉了"……不是吗，跟着作家的脚步行走，漫游世界，我们可以强烈感受到，一个自然人追求快乐目标的所有信息。

全书分为两卷。上卷《域外之风》，写北美的加拿大，又品枫叶之国的风采，写南美仙人掌之国的巴西，"太阳之国"的秘鲁，还写西欧的巴黎新感觉，文艺复兴的摇篮意大利，"中欧花园"奥地利，盆地中的国度匈牙利，晶莹剔透的捷克和世故沧桑的斯洛伐克……每一篇文章的题目皆美，文笔酣畅，简洁生动，给人以享受，给人以快乐。作家不论是第一次光顾还是重游旧地，这些文章，写得好看，写得耐读。我只在地理上知道这些国家，却无缘漂洋过海，应感谢焕发君，让我们真切地感受到异域的人文历史和浓郁的风土人情。下卷《美丽中国》，写查干湖看冬捕，绵延百里的"红海滩"，鸭绿江边有虎山，北地两湖"白洋淀"，长虹饮涧赵州桥，泰山余脉千佛山，等等，依然给人以享受和快乐。这些地方，我大都去过，但作者所表达的文字，角度新，视野开阔，不似有的游走文学，主题未动，堆砌材料先行，如展馆解说词。

"怀揣快乐行走的人，无论从哪个角度看世界，世界都是美好的，你快乐，世界也快乐。"焕发君说得何等之好！自己快乐，又给别人带来快乐，这是有本事的作家才能做到的。

《与风同醉》，令人陶醉。从散文意义上讲，我向来以为，最好的散文就是面对面拉家常。重要的是，拉什么样的家常？散文是非虚构的文体，多彩的生活在心灵中浸泡和滤洗，不断整合，用感觉来描述内心的真切感受，进而形成了拉家常的散文。焕发的散文，当属于这种。所见所闻，不云山雾罩，不追逐所谓的"文化散文"，而是把想说的话说出来，字里行间的后面有言理的支撑。焕发君写杂文出身，散文更加可读，这得益于他的杂文写作功底，也就形成了焕发君写散文的风格。

文品即人品，一个作家的品格，决定这个作家文字的品格和风貌。焕发君真实、深透，一步一个脚印，无半点浮躁之心和哗众取宠之意。我和焕发君是多年的好友，他在文学圈里口碑甚好。试想，他不是专职作家，创作十部文集，两百余万言，谈何容易。他是在繁杂的政务之余，或在假日或在出差的舟楫中，用笔蘸着汗水写就的。用这篇序言，我为焕发君点赞：焕发君在漫漫文学创作道路上长途跋涉，是一头昂首奋进的骆驼，更是一位传递快乐的使者。

是为序。

2015 年 2 月 5 日于哈尔滨和兴路寓所

一位大森林作家的心灵歌唱

——柳邦坤散文集《从大森林里来》序

　　我和柳邦坤君只匆匆见过一面，但对他的作品并不陌生。黑龙江省作家协会举办纪念抗战胜利六十周年征文活动，我是评委之一，他的一篇征文《铃兰台的故事》荣获二等奖，给评委们留下不错的印象。他要我为其写序，我答应先看看作品再说。《从大森林里来》这本集子的大样从江苏淮安用专递寄来，我用了一周时间通读了一遍，说句实在话，我真的为有幸成为第一读者而高兴，庆幸没有与这本令我读来颇有兴味的散文集失之交臂。

　　邦坤君在给我的信中写道："《从大森林里来》由您写序再合适不过，因为您不光是名家，尤其还是森林文学作家，您对林区生活熟悉，我年轻时读了您的许多森林诗，受益匪浅。"我要说，激起我写这篇序言的理由只有一条，那就是我们都是从兴安岭走上文坛的，经历有惊人的相似之处，对大森林皆怀有一种特殊之情。

　　作者的原籍是出名人的地方，"实际上我是黑龙江人，因为我生于斯，长于斯，籍贯是以出生地为准的。但我不会忘记我是闯关东人的后裔，我的祖籍地是山东诸城"（《祖籍地》）。就是这样一位根在山东，成长于东北的汉子，经历过的许多事情，在灵魂深处留下难以忘怀的记忆，重拾童年时代的感觉。在《故里炊烟》这一辑中，深深怀念操劳一生的父亲、慈祥善良的母亲，对故乡滨南林场的小河饱含真情，对读小学时的启蒙老师心存感激，孩提时代看电影、听广播、唱歌、演戏等，都表现得那么真切。就是这样一位林业子弟，在《花木有情》《林中撷珍》这两辑中，对北疆的白桦林、五月的红杜鹃，抑或北国的红豆、珍稀的猴头蘑、飞龙鸟，那么熟稔，如数家珍，娓娓道来。

在《林海听涛》这一辑中，作者道出了从帐篷里如何飞出诗人的梦。"我和同伴在帐篷里听诗、写诗。晚上被收音机里的诗朗诵陶醉，我们借着帐篷里微弱的灯光写下一行行诗。"（《帐篷里的诗人梦》）《回林场》《回母校》《三十而立》等篇什，写得尤为动人。而最后一辑《那山那水》中的作品，颇有文化散文的味道。"人到中年，恰如人生的金秋，它不浮华，不张扬，不狂妄，更多的是沉静、内敛、坚强。红着千重山，红着万株树，没有悲凉，没有凄婉，只有热情洋溢，只有生生不息。山并没有沉睡，正在养精蓄锐；树并没有枯萎……秋霜染红的兴安岭啊，总是在不经意间让我们叹为观止，总是在我们不经意间教我们坚强不息。"（《兴安秋韵》）这辑中写刺尔滨河的有四篇，不知何故，让我想到作者现定居的淮安，进而想到橘生淮南则为橘，生于淮北则为枳，叶都相似，其实味不同，而这几篇同题作品，由于采撷角度不同，谋篇布局不同，味道自然不会相同了。不是吗，无论叙事、描写还是抒情，不难看出作者的文学功力和厚实的生活积淀，驾驭起来才这般得心应手。

我以为，柳邦坤君的散文，应属传统本色的散文。当下，散文领域写亲情、乡情及自己成长史的作者为数不少，但大森林作家柳邦坤却有自己的特点。文学创作是作家心灵的展示，散文则是作家心灵真诚的歌唱。这样的歌唱，一种是高亢激昂的，一种是舒缓吟咏的。《从大森林里来》可视为后者，但它不同于低吟浅唱，而是节奏鲜明，自然流畅，潜移默化地引发人们深深的思索。这是其一。

其二，邦坤写散文有写诗的功底，字里行间弥漫着诗意情怀。我注意到，许多篇章，诸如《黑河四季》《寒江流冰时》《熊熊燃烧的篝火》《我醉沾河》《周庄之水》等，不仅语言简洁，写得相当优美，又似有新散文的跳跃意象。

如果说这本书尚有不足之处，我觉得，早些年的个别篇章虽然写得很用心，下了不少气力，但手法略嫌陈旧，还缺乏个性化的感悟。看花容易绣花难，此虽老生之常谈，但能写出散文佳作，对每一个作家来说，确乎不是一件容易的事。

写毕这篇短文，灯光淡去，窗外天光微明。我站起身来，仿佛置身于神奇美丽的东北亚大森林之中。眼前看到的，是奔涌的山涛林浪，耳边传来的，是一位大森林作家，感激养育他的山川土地、保护生态保护家园的心灵歌唱。

2008 年 12 月 16 日

第 三 辑

一个打工妹的创业简史

　　人们熟知现代京剧电影《智取威虎山》，可曾留意剧中的那个小屯夹皮沟？我写的这位打工妹，就是来自和夹皮沟一山之隔的白山林场，她的名字叫高淑梅。也许夹皮沟有她的根，也许她是那位纯朴倔强的林业工人李永奇的后裔，亦未可知。

　　九十年代初，《大森林文学》创刊，我负责编务。那几年刊物发行量上不去，各种费用不断上涨，只好能省点是点，刊物改由本系统自家印刷厂印刷，美其名曰"肥水不流外人田"。然而，治标不治本，问题出在吃大锅饭上。

　　当自家印刷厂把刊物印制出来时，我不由得大吃一惊：内文印得好歹不说，封二、封三照片没有一张清楚的，省作家采风团到林区采风的照片，辨认不出谁是谁，更令人啼笑皆非的是，竟把一位宣传部长的脑袋印没了。

　　我气得火冒三丈，去印刷厂兴师问罪。没找到厂长，我来到业务室，只见这里冷冷清清，几台电脑闲置在一旁，只有一个二十多岁的青年在核稿。当我说明来意，让这位女青年转告厂长时，她忙站了起来，彬彬有礼道："真对不起，这是厂子的责任。你放心，我会转告厂长，下期刊物不会这样!"我问她叫啥名，在这里干什么工作，她有点矜持："叫我小高吧。临时负责，在这里打工。"

果然，此后刊物的印刷质量上去了，一期比一期印得好。两年之后，待我再到这家印刷厂看校样，厂长告诉我，负责印制你们刊物的小高已经离开这里，自己办厂去了。这个年轻人有心劲儿，是把好手! 我不由得吃了一惊。于是，厂长向我讲述了这位打工妹的创业简史。

小高，名叫高淑梅，家住小兴安岭金山屯林业局白山林场，父亲是位普通的林业工人。白山林场离林业局一百多里路，是这个局最偏远的林场之一。几十户人家，清一色"板夹泥"房舍，房前屋后净是黑黢黢的大山，似藏在大山皱褶里的一个个火柴盒。高淑梅读完小学，考上离家八里路的初级中学，每天步行往返。冬日大雪封门，"烟炮儿"肆虐，夏天山里多雨，蚊虫成群，就是这个小姑娘，三年来没有缺一天课，一双小脚板，在荆棘丛生的山林里，踩出一溜羊肠小道。初中毕业后，她下山了，来到林业局所在地上高中，在校住宿。高淑梅兄妹七人，大姐考上大学后，家里已经无力供六兄妹上学，二姐只好辍学，在家帮父母干活儿，春天上山采山野菜，秋天上山打松树子，多少攒一点钱，贴补家用。当时的林业局，可采资源越来越少，成片成片的林子见不到了，林业工人只能采伐高山脚，"摘山帽"或者"剃老毛"。欠发职工工资成为普遍现象，有的欠发几个月，有的累计欠发达两年之久。在校读书的高淑梅，看在眼里，急在心上。她给自己定下一条标准：每月伙食费不能超过十五元，衣服、日用品能将就则将就，能节省则节省，一律不买新的。她常常不去食堂用餐，买几个馒头，一吃就是一天。她常常因为不能同二姐一道采山野菜，打松子，还要花二姐的钱而感到内疚。

高中毕业后的高淑梅，面对林业企业的资源危机，经济危困不断加剧，毅然放弃报考渴望已久的大学。她要走一条路，像当年上初中时在山林里那样，走一条自己要走的路——自强自立。她相信，路，就在脚下。

那一年，高中毕业的高淑梅来到哈尔滨，东拆西借，自费进东北林业大学学习计算机，此后开始了打工生涯，满怀希望地走进社会这所大学校。

1996 年，高淑梅要结婚了，她的未婚夫小姜，家里也不富裕，只能拿出积攒多年的六千元作为成家费用。小高没买一件衣服，没添置一件家具，没置办一件家用电器。她同小姜商议，这笔钱一分也不能动，再向姐姐借点钱，买电脑和打印机。两个年轻人一拍即合。从此，高淑梅白天照样上班打工，晚上收点活儿回家来再干。一年以后，有了点积蓄，他们未忙着办婚事，又花七千元买了一台旧复印机，挂牌成立了"翰翔复印社"。租了个一室一厨，一室摆满打字、复印设备，六平方米的厨房做新房，全部家当只有一张双人床。高淑梅深切体会到白手起家的艰辛，也深切品味到奋斗的快乐。她的心里很踏实。

复印社地处动力区一条偏僻的小街上，顾客络绎不绝。一家刊物的编辑部主任逢人便说："人家不光活儿干得好，只要提出交付时间，保准按时送上门。"许多用户聚在一起都说："和这家复印社打交道放心。"

　　有件事令我难忘，一直记在心上。我当黑龙江省森工总局党委宣传剖副部长期间，兼《大森林文学》的主编，实际上只有我一个人编辑，好在那时我分管文化，可以全身心投入。后来调去一个局去当党委书记，主编仍由我兼任，但出刊时间就难以保证了，有时双休日要看校样，说一声，不管复印社活儿多活儿少，校样改后速送来，颇有几分命令口气。一日下午三点多钟，我打电话过去，让复印社下班前把这期校样送到我办公室，利用明天双休日改一改。高淑梅爽快答应，回答我仍是那句老话："派人按时送到，没问题！"谁知刚放下电话，外面下起雨来，风雨交加，越下越大。我有点后悔，忙又打去电话："星期一送来亦可。"谁知高淑梅跟我开了一个不大不小的玩笑："吴老师，只有赶上这样的天气我们才有饭吃，好天就显不出我们的服务质量了。"快下班了，只见高淑梅的弟弟气喘吁吁，推门而入，浑身湿透，像个落汤鸡。原来，因动力区修路塞车，小伙子怕不赶趟，半路下车，冒雨步行五六里路赶来了，厚厚的一摞校样稿，从怀里掏出来递给我，竟未沾上一个雨滴。

　　两年过去，高淑梅和她的复印社一天天兴旺起来，春节前夕，购进印刷设备，有了自己的印刷厂，从打字到复印，发展到印制图书；由夫妻店，发展到有六名工人的小型企业。在印刷业不景气吃不饱饭的今天，高淑梅的这家工厂仍然有活儿可干，令同行们刮目相看。

高淑梅向我讲过一件事。她小的时候，过年了，家里买点水果糖，分给她几块，吃完糖，她舍不得扔掉包装纸，叠好留起来，不经意发现生产厂家是北京市义利食品厂，一直记到现在。她说，这个"义利"的名字起得好，先要重义，再说取利。她这样说的，也是这样做的。有一位客户要印刷一套丛书，跑了几个印刷厂，都漫天要价，心里没了底，最后找到高淑梅。高淑梅从兜里掏出计算器，计算了一下，然后向客户逐一报价，纸张多少钱，人员工资多少钱，厂子能赚多少钱，税缴多少钱，说得实实在在，客户听得明明白白，一笔生意当即成交。

高淑梅并没有就此止步，她要开拓市场。一个赤日炎炎的夏日，她同小妹到太平区农村调查，打算在那里开设一个新点。走了一家又一家，姐俩没顾得上吃饭，渴了饿了，吃几个西红柿充饥。高淑梅边吃边风趣地说："连饭带菜都有了，西红柿维C含量最高，水果之王。从小就是吃这个长大的。"不情愿吃这个的妹妹，被姐姐的话逗乐了。

高淑梅经常向厂里人讲："要居安思危，危机是催人奋发的动力。'哈飞'（哈尔滨飞机制造厂）的松花江牌微型汽车卖得那么火，人家还都有危机感，何况咱们呢！"不能再普通的几句话，说到职工的心里去了。职工把这个小厂都当作自己的家一样看待，倍加爱护。他们视客户为上帝，信誉为本。不仅说在嘴上，而且写在墙上——谁砸了厂子的牌子，就是砸了自己的饭碗！

就此，我萌发了采访高淑梅并写一篇短文的念头。小高很忙，比我想象的要忙得多，约了几次也未谈上。

一天，当我来到高淑梅的打印社，又一次扑了个空。她家里的人告诉我，高淑梅走时说今天上午赶回来，可工厂那边有个急活儿，她怕新来的工人干不好，得在那里"督战"，再三抱歉，请你原谅！因为她的失约，我确有几分不悦，转而想到，把质量关比起接受采访，孰重孰轻，不言自明。

趁此机会，我从外面打字室走进里间，想看看高淑梅的新家。一进门槛，脚下一片哗哗响声，低头一看，地板块全都活动了，脚踩上去，地板块相互吱吱"说话"。我禁不住问："怎么不重新铺一铺呢？"高淑梅的小叔子姜涛无可奈何地说："哪有时间呀？我哥哥、嫂子一走一天，过年都没在家待上一天！"环顾室内，六平方米的小屋，一无所有，哪里像刚结婚不久的新房。待小姜拉开简易的衣柜，我不敢置信，衣挂上挂着几件换洗的衣服，不要说时装，连一件像样的（毛料之类）衣服都没有。小姜说："就这些，他俩的家底都在这儿呢！"大小也算一个企业的主要头头，夫妻俩又都是不到三十岁的年轻人，似这样的家，不要说在省会城市哈尔滨，就是在县城或林业局也未必如此。面对今日的世界，他们是如何想的呢？我越发想揭去困惑在心头已久的这个谜团。正当我要离开之时，高淑梅打来电话，她说下周三送新的一期《大森林文学》校样，让我在单位等候。"采访什么时候都可以吧，但校样绝不能误时。"她强调送校样，是让我相信这一次绝不会再爽约了。对用户从来不打一点折扣，说到做到，这点我是深信不疑的。

　　终于有一天，当她坐在我面前的时候，我才发现，这位从打工妹正向着成功方向迈进的高淑梅，既不化妆打扮，也不像时下青年女子那样一身珠光宝气，衣着极为朴素，举止大方。我见她拖着怀孕的沉重身子，行动十分不便，认真地对她讲："你都这样了，每天还不停地跑来跑去，不能为挣钱啥都不顾了。"高淑梅却乐呵呵地说："也不只为挣钱。活动活动好，一个山里孩子，没那么娇贵！"我让她讲一讲她的成功之道，她却不好意思地淡淡一笑，几经启发，她才简而又简地说了几年来的经历。我说："你具体点谈一谈。"她两眼凝视远方，似在沉思，缓缓地讲了一句话："当初，买一箱打印纸才一百多元钱，逼得我团团转，竟拿不出来！"

　　高淑梅望着窗外，深情地说："人生没有一帆风顺的，要想成就一番事业，就要经过风雨磨难。"不是吗，历史发展的规律，常常是逆境造就强者。

2003 年 6 月 6 日

串洋门儿

对于一些人来说，漂洋过海出国，似是寻常之事，我却视为蜀道般艰难。然而，这次去俄罗斯的符拉迪沃斯托克（海参崴），有如到远亲家串了一趟门儿。

深秋时节，我偕辽宁十位作家经绥芬河出境。只消几十分钟的车程，便踏上了异国他乡。停车边检，上来一位一脸稚气的俄罗斯边防军，在查验游客护照时，发现有一位同胞在车上拍照，他打着手势，用俄语说了一句什么，拍照者听不懂，边防军用汉语喊了一声"李哥"，"李哥"走了过来，告诉拍照者车上不能拍照，把胶卷曝光。原来这个李哥是开这台大客车的中方司机，多年来和俄方边防军已成了好朋友。

我们一行十一人换乘一辆俄方面包车。开车的是一位黄头发蓝眼睛的老司机，他把车子擦得干干净净。中方导游告诉我们，司机在车门口放一个套着塑料袋子的垃圾桶，请诸位保持车内清洁。老司机戴着白色线手套，把我们的行李依次摆放得整整齐齐。汽车行驶了两个小时，停在一个小镇短暂休息，大家纷纷下车，有的去厕所，有的吸烟，有的在路边小店喝咖啡，但见司机拿起笤帚，不声不响地打扫车内卫生。望着老司机细高挑微微驼背的身影，想到我们不经意在车上顺手扔掉的食品包装袋，心里隐隐有一点歉疚。

此行的住地，是紧靠海边的阿穆尔饭店。窗含碧水，门泊舰船，游人如织，海鸥低翔。下榻这家饭店的几乎全是黄皮肤的中国人，大吵百嚷，旁若无人。俄罗斯的服务人员，个个神情淡漠，不冷不热。老大哥的友好热情哪里去了？我心里不禁打了一个问号。也难怪，前些年，我们的假货把人家害惨了，我去黑河对岸的布市一日游，就曾背着一大包假阿迪达斯运动服，换回人见人羡的银狐领大衣、望远镜……不能怪人家不愿意搭理你，过在我们。

第二天，按照日程安排，换上俄方导游。导游是个可爱的小伙子，高高的个子，白白的肤色，大大的眼睛。他早早地来到面包车上，用不十分流利的汉语自我介绍："我叫丹尼斯，你们说的老毛子。"大家哄堂大笑。"我在哈工大学习了七个月，哈尔滨哈拉绍！"他知道我们来自中国的东北，表示了一番友好之情。吃过早饭，我们由餐厅开车去客房，接一位不吃早餐的同行，大家在车上等了好一会儿，才见这位同行走出房门。不知是这位同行留着长发，还是不遵守时间的缘故，小导游说了一句："我不喜欢这个人！"大家面面相觑，颇觉丢了中国人的面子。一路上，我们称小导游为电视广告的丹碧丝，他只是一笑了之，也不

227

介意。

几天来，我们先后参观游览了历史博物馆、东正教堂、太平洋舰队、西伯利亚大铁路终端等景点，而印象最深的当是一个普普通通的农贸市场。

这个市场名为二道河市场，坐落在远东省政府东侧的大广场。广场上的青铜塑像精美绝伦，可谓市场的一大景观。市场上的摊床与国内无异，但摆放得相当整齐，地上几乎没有垃圾杂物，就连边走边吃东西的乞丐，脖子上也套着一个塑料袋，不随便乱扔垃圾。市场上听不到叫卖声，更听不到呼号喊叫声，交易在平静中进行。令我惊叹的是，这里明码标价，不讨价，不还价，货真价实，童叟无欺。语言障碍没关系，摊主把价格打在醒目的计算器上，不买也没关系，不厌不烦，礼貌待客，让人想起二十世纪五十年代的苏联老大哥。

当我们同这座城市依依惜别时顿生感慨。友好也罢，冷漠也罢，都将永远留在记忆之中。我忽然觉得，大家同导游丹尼斯合影道别之后，应当给这个年轻人一点小费，可是谁也没有这样做。而在俄罗斯一个小火车站候车，滞留的三个多小时里，先后见到三位同胞因随地便溺而被罚款。仔细想来，心里颇不是滋味。

登上返程的火车，凭窗眺望，绥芬河、海参崴山岭相连，无论针叶树还是阔叶树，树种皆相同，然而景象却迥然不同，一边是树木稀疏，一边是林木茂盛，难道橘生淮南则为橘，生于淮北则为枳？非也。山林差距之大，差在保护也！

火车以世界上最慢的速度行驶，行驶在枫林烧红的山涛之上，行驶在海参崴至绥芬河的林浪之间，我的心如缓缓的车轮，在一个叫海参崴的城市忘返流连。

2004 年 10 月 10 日

邻　居

　　回到阔别多年的油田小镇，得到的第一个信息是：做了十五年邻居的白冬搬家了，从和我的旧居只有一门之隔的东屋搬到西屋去了。他原来住的那三间屋已买断产权，现在空着，既未易主，也未招租，似乎闲置了三年有余。

　　十五年前，我和白冬同一天调入这个小镇，又同一天搬进新居。

　　我俩是在一起长大的，又同庚，别看他只有小学文化，打扮得却像个文化人，身着牛仔装，留着长发，戴一副墨镜。他在林业局的贮木场当工人，抬"蘑菇头"（木头），上大跳（跳板），装运材火车。抬"蘑菇头"是个重体力活儿，相当危险，一般人抬不了，伤残者不在少数。有一回抬一根大径级水曲柳原木，六个人愣是没抬动。白冬急了，让两位没劲的师傅下去，他同三个小青年上跳。"哈腰挂哟嗨，蹲腿（个）哈腰，谁个不使劲，谁是个王八！"白冬领唱号子，其余呼应，六个人没抬起来的这根

230

木头，四个人竟没费劲儿就装上了火车。于是乎，贮木场的人对白冬都刮目相看。

搬家那天，白冬着实让我吃了一惊。在林区一起干了十多年，搬家哪有不带木材、家具的，加上行李和锅碗瓢盆，我装了满满一大汽车。可白冬啥也不带，只有一个行李卷、一个大皮箱，爱人抱着还没有满月的孩子跟在后面，哪里像搬家，倒像外出旅游。我不解地问："这是搬家呀？"白冬一本正经答道："搬家不就应该这样吗？破东烂西不值得搬，把老婆搬走，就不算重点遗漏。"

那年唐山大地震，波及油田，考虑抗震，单位为新调进的职工盖了几幢坚固的平房。每家门前都有个小院，有的种点青菜，有的栽点果树。唯白冬不然，院里全部用水泥抹平，不知从哪儿弄些花卉盆景，摆满一院子，酷似苏州拙政园一隅。居室也特别，没有任何摆设，不像个住家户，倒像是招待所的一个标准间。另一个居室同样干净明亮，地中间放一张墨绿色的乒乓球台，墙角堆放着运动鞋、羽毛球拍。左邻右舍纷纷耳语："怪人，真是怪人！"

进入九十年代，单位实行住房制度改革。许多人在观望，在等待房价下跌，谁也不买。白冬头一个花成本价把住房产权买断，并且自己动手进行装修。他找到房产科，科长以为这位精明人捷足先登，趁未交齐房款之前，让房产科更换年久失修的暖气管子、暖气片。不料，白冬开口要求将室内暖气拆除，理由是要

231

在家里建个小型体育馆，不用取暖，这样，取暖费自然也就不用交了。科长愕然，说了一句话："我是老科长遇到新问题。"沉思再三，还是派去了水暖工。拆毕，白冬乐呵呵地说，这下使用面积又增加了，再打乒乓球也不担心撞屁股了。

一日午休，听见一片争吵声，我推开窗子往外望去，白冬家的门前有一群人围观，原来是县电视台来收有线电视费的。看得真真，听得真真，只听白冬说："我原来这个家有线电视线虽然进户，那是你们电视台的事，我压根没有收看，因此，不能交纳有线费用。"电视台两位工作人员也不含糊，当即将有线电视线掐断，白冬见状，也不阻拦。俄顷，白冬说："我现在向你们交纳我现在居住这个家的有线电视费。"工作人员打开本夹子，似要开收据。白冬从兜里掏出个小本子，翻开说："请你们先看看这个，这上边记着有线电视停播的时间，特别是中央台的体育节目，因你们停播耽误我少收看三场甲 A 联赛，我还要向有关部门投诉呢。"两位工作人员互相看了一眼，气呼呼地说："我们不收了，让头头来收吧！"白冬摆手道："别，你们开收据吧，我已计算好，把停播的那段费用扣除，这是应交纳的。"说罢，将本子上的记录撕了下来，连同钱一并递了过去。两位工作人员面面相觑，气得老半天没说出一句话来。

这以后的一段日子，我没有再见到过白冬。家里人说，单位进行机构改革，人员分流，白冬又是第一个提出辞职，自谋职业去了。他比上班还忙，平时不大回家，有人在长春皇宫附近的古玩市场见到过他，在做他一直很有兴趣的古币生意。此公虽然年届知天命，却颇有精神，依旧牛仔装，还是长发、墨镜。

2008 年 3 月 2 日

我眼中的摄影家胡世英

我同胡世英先生是老朋友，我们之间，可谓淡如水的君子之交。他担任绥化市委书记期间，我曾几次同省城作家去绥化采风，每次，他都推掉所有应酬，把盏为作家们接风，并亲自安排行程。记得那年我新出版一本拙作，他知道我是兰西人，嘱我一定送给兰西县委书记、县长和宣传部部长各一本，并主动代我转交给他们。在我们的交往中，似这类小事他都很上心，常常令我感动。"人心风不吹，波浪高百尺"，世英是位热心人，对朋友以诚相待，这是我乐于与其往来的一个重要原因。

知道胡世英这个名字，缘于他与夫人崔永琦合著的一本名曰《牵手》的散文集，这本书饱含深情，写得相当不错，给我留下颇为深刻的印象，对这位文质彬彬的官员刮目相看始于此，时为1996 年。九年前，黑龙江因"田韩案"致使绥化发生了一场政治"地震"，马德落马。省委开会只研究一个干部的任命——谁去担任绥化市委书记。这个角色历史性地落到胡世英的头上。无独有偶，九年之后，省委开会只研究一个干部——省人大常委会秘书长人选，此人又是胡世英。两次省委常委会，单独研究一个干部的任用，怕不多见。联想胡世英在政治舞台一路走来的经历，称其为一颗明亮的新星，亦不为过。

所有熟悉世英的人都知晓，他喜欢摄影，酷爱摄影，从给省长当秘书始，算起来亦有几十年的历史了。2002年，我在《北方文学》担任主编期间，曾在一期的刊物的封二、封三、封四发表过他的摄影作品。这些作品，均属上乘之作，选材新颖，视角独到，至今仍记忆犹新。近年来，世英在《黑龙江日报》《北方文学》《黑龙江画报》《海燕》等诸多省内外报刊发表了大量摄影作品，出版了与众不同、独具一格的个人摄影散记，一张张摄影作品配有作者创作独白，文字简洁优美，图文并茂，引起读者广泛关注。

文贵创新，非创新而不能。这部《光影与世界——胡世英摄影创作独白与赏析》，收入之作品，既不是单纯摄影图片，亦不是单纯文字散记，所摄作品意犹未尽，用文字来体现，两者结合完美。优势互补，双管齐下，独辟蹊径，这是一种创造。

世英拍摄了几千幅照片，主题鲜明，意境深远，磅礴大气，给人一种强烈的冲击力和震撼感。如拍摄生态与风光的《阿尔卑斯山的诱惑》《亦真亦幻三清山》《雪域天籁》，如拍摄人与环境的《诗意田园》《江南古村》《贫民聚集的地方》，如拍摄历史与风情的《雨中的布拉格》《小巷里的闹市》，如拍摄人物与社会的《走进新时代的郭凤莲》《老父亲的乐趣》《马德里大街上的吉卜赛人》《异域的情侣们》《离群索居的孤独人》等等，皆可为例证。

笔墨同源，艺术是相通的，摄影也不例外。文学是所有艺术门类之本，世英有良好的文学修养，那一幅幅照片，可以说是他心灵深处的诗意闪回，读者将会发现，他不论拍摄风光与风情、历史与现实，还是拍摄人物与社会，都携着鲜活的意象、十足的地方情调，打动人，感染人。单就一幅幅照片所起的名字而言，就是一首首抒情诗。比较才有鉴别，我以为，这当是作家摄影作品的过人之处。

时下，爱好摄影的人与日俱增，可以称之为一支浩浩荡荡的摄影大军，繁荣文化，这当然是一件好事。但是，拍摄名山大川、花草树木的一般化照片居多，称得上摄影作品的却少之又少。世英是下了功夫的，做了许多探索和努力，取得了令人瞩目的成果。毋庸置疑，世英是有创作才能的，但是，才能是勤奋加汗水。与世英一道出国的人都说，在国外参观，大家累得疲惫不堪之时，唯有世英依然端着相机来回奔跑。为拍摄一张好的照片，不辞辛苦，他付出的心血和汗水可见一斑。

晋代大诗人陶渊明有诗云："不言春作苦，常恐负所怀。"脚踏实地，劳而苦干，无论工作为文，用在世英身上也许再合适不过。

纵观这部作品集，一幅幅照片、一篇篇文字给人以美的享受，世英用相机记录的历史瞬间弥足珍贵。在我眼里，世英是一位忠于职守、兢兢业业、身居要职的领导者，亦是一位做人低调、追求高雅、眼光敏锐的摄影家。

2014 年 11 月 24 日

一个秘书的诞生

　　省里一个最大的厅局，辖管全国最大的国有林区，面临资源危机，经济危困，新任一把手余弘达书记走马上任。让人匪夷所思的是，他一个工作人员也没带，不似有些官员，又带秘书又带司机。于是乎，许多人都瞄准秘书这个位子，这个推荐，那个说情。余书记在党委会上明确表态，许多大事等着办，秘书的事缓几个月再说。

　　余书记当过省委办公厅主任，又当过这个省第二大城市的市委书记，能力水平是上上下下所公认的。他又是有名的大笔杆子，在办公厅工作时，人们常说两句嗑："没有余弘达，写不出好文章。"上任伊始，他没有急于听汇报，而是让人把办公室起草的工作会议文件送到他那里。第二天，他将这些材料退回去，签批了意见："错别字太多，这样的文字材料实在看不下眼去。办公室应写一个书面检查！"办公室主任看了批示，大惊失色，赶紧让秘书科长起草了一份检讨，以办公室的名义上报。余书记批阅，检讨不错，但仍有错别字。主任坐不住了，让主管文秘的副主任又改写一遍。余书记看后，没有签批，只是在一行文字的下面，画了一道粗杠，原来文中把公司"总经理"写成了"总理"。主任火了，召开办公室全体会议，商议再重写一份检讨，由谁来执笔？你推我，我推你，最后推到一个新毕业的王大学身上。这个大学生左右一看，官数他小，没法再推了，总不能推给清扫员吧？只好领命。王大学写得十分用心，打字后，从后往前一个字一个字校对，他信心十足，这是处女作，非写好不可！余书记看后，在这个检讨上做了批示：写得很好。每项工作都应该有这样严谨的作风。至此，大家这才理解领导抓错别字的用意。

嗣后，王大学升任办公室秘书科副科长。又过了一阵子，组织部研究配备秘书问题，余书记说，我建议让检讨写得最好的那个大学生试试。消息不胫而走，不啻一声春雷炸响。春天里，一个秘书就这样诞生了。

2000 年 1 月 9 日

签　字

　　孙辉走出大学校门，毅然迈进了木材厂大门，脚踏实地干了三年零五个月，被破格提拔为厂办公室主任。主任这个位置十分了得，除了五位厂领导之外，就数他了，相当于 NBA 球队的第六人。

　　木材厂后勤这一大块，都归厂办管，最不好管的就是汽车队，十几号人，一个赛一个难摆弄，个个牛哄哄。当时有这么几句嗑：一等人开小车，跟着领导混吃喝；二等人开大客，亲戚朋友前排坐；三等人开大板（货车），小来小去也弄点儿。厂里人提起汽车队，无不摇头摆手，离不开惹不起呀！

　　到职伊始，孙辉在职工食堂召开后勤全体人员大会。听说新官上任，下属单位职工悉数到场。孙辉简要地讲了几条，中心思想是，小型企业靠人治，中型企业靠制度，我不管你们，咱们要用制度来管人。讲毕，让大家议一议。车队几个司机带头发言，把孙辉好一顿恭维。这时，其中一个开小车的司机，走到孙辉桌

240

前，把一张票据递给孙辉，请主任签字报销。孙辉看了一眼，不是正规发票，便放在一边，继续听发言，不时同大家对话，根本不提签字的事。这个司机自觉丢了面子，把票子伸手拿了过来，一屁股坐在办公桌上。孙辉毫不含糊，厉声道："这不是椅子，下来！"这个司机像坐了弹簧，被这声断喝弹了下来。像看电影一样，在场的人被这一幕惊得目瞪口呆，面面相觑。这个司机自打圆场，对孙辉说："你不签，我去找厂长签。"此后的日子，凡报销的人都知道了孙辉的打法，该报销的，他刷刷点点，签毕走人；不该报销的，他啥也不说，和你说话唠嗑。大家摸准了孙辉，他只要将票子顺手往旁边一放，指定发现问题了，啥也别说，赶紧把票子拿走。

第一次吃闭门羹的那个小车司机，果然找到主管副厂长，副厂长打电话说情，孙辉没做什么解释，给了领导面子。拿着有领导签字的这张票据，孙辉不假思索签了字。他喃喃自语道："水平不高，只管报销。"

这个小车司机到财务科报销，科长拿着这张票据看了好一会儿，笑了。按照规定，报销必须先由部门领导签字，然后主管领导签字，而这次倒了过来。这次办公室主任签字了，但他把签字的时间有意往后拖了几天，意思再明白不过，你当领导的既然先审批了，下级服从上级，我签字在后，出了问题你担，责任你负。

没有不透风的墙。终于有一天，主管厂长知道了这个事，他没有责怪孙辉，可从此之后，再也不先签字了。

2003 年 3 月 5 日

酒　仙

　　我的第一个上级衣科长，嗜酒如命，每日三顿小酒，数年坚持，雷打不动，人皆称之"酒仙"，很少有人叫他的名字或官衔。

　　平日里，酒仙身背一个洗得发白的黄书包，包里有一个军用水壶，装的是上好二锅头烈性白酒。不论黑天白日，或炕头或小馆，坐下来自斟自酌，下酒菜无所谓，有花生米最好，小咸菜亦可。星期天节假日，常约请科里人到他家喝酒，直喝得天转地转，唯眼珠子不转方停杯罢盏。

　　"文化大革命"期间，酒仙进了县革委会办事组，有人劝他少喝点吧，别误了革命大事。酒仙莞尔一笑曰："无妨。"一日军代表主持召开革委常委会，衣科长列席参加。到了饭时，仍无散会的迹象，酒仙酒瘾上来了，坐立不安，不能自持。这时，军代表点名让其汇报，众人皆捏一把汗，担心他砸锅。只见酒仙不慌不忙地解开书包，拿出笔记本放在膝上，又从书包里拿出酒壶，仰脖捅了一大口，接着说将起来。他思路清晰，说得有板有眼、

242

头头是道，军代表的脸色由阴转晴，没有怪罪酒仙会场喝酒。大家这才松了一口气，无不叹服：酒仙十分了得！

又一日，全科人应邀到酒仙家喝酒。入席前家人叮嘱其子衣大全不要上饭桌，等客人吃罢小孩再吃，儿子点头称是。也许是酒喝得没完没了，也许是孩子饿了，经不住肉香的诱惑，衣大全从门缝窥视了一回又一回，终于按捺不住，破门而入道："你们他妈还有完没完?!"众人尴尬之极，以为这小子至少要挨一记耳光。岂料，衣科长喜形于色，夸奖儿子敢说敢为不惧场，赏酒一杯，以示奖励。弄得大伙儿啼笑皆非。

十几年后，酒仙退休，我当了科长。说来凑巧，衣科长的儿子衣大全，从学校分配到科里当秘书。从同事那得知，大全读小学的时候学习拔尖，在班上一直排头几名。上中学时，每天中午回家吃饭，因为冬季天冷，衣科长便让儿子喝盅白酒抵御风寒，可是下午上课，大全迷迷糊糊，不是磕头就是趴在书桌上睡觉，学习成绩每况愈下。高中毕业考了几次大学不中，最后考了个中专。毕业后，工作不好安排，在家待业，分到科里来实属照顾。

衣科长喜酒、爱酒也就罢了，怎么从小就给儿子喝酒？我以为，无缘大学，怕是伤了大脑。科里人比我分析得精辟，源头在老子，过在酒仙也。

2005 年 7 月 8 日

243

"活字典"

我的大学同学霍子显，爱读书，尤喜字典。一本《现代汉语大词典》不离手，求其查字，既不看汉语拼音索引，也不看部首检字表，随便一翻，信手拈来，口语杂字亦不在话下，就是连续查上几十个字，也差不了三两页，简直像变魔术一般。由此，同学们不叫他霍子显，而称其"活字典"了。

"活字典"着实了得，读书破万卷，出口成章。他曾给一位女同学写过一份情书，说自己"中外名著无不知晓，唐诗宋词虽不能倒背如流，倒也朗朗上口"。也许这不是吹牛，可这位女同学不买账，将情书交给了班主任，一时传为笑谈。

大学毕业后，我和"活字典"分到一个单位，都被安排在办公室。此公还是老习惯，每天一门心思读书、查字典，别无嗜好。同事在一起打扑克，三缺一时才叫上他凑手。"活字典"打牌太臭，几乎没有赢过，倒是有一回来了牌运，居然抓到大小王和四个小二，最终却被抠底，原来他脑袋里还在琢磨一个生僻

244

字，身在曹营心在汉，忘了数手里的牌，抓跑庄了。

　　我们俩所在单位是驻在单位，党的关系隶属于锦州市。一次锦州市委通知开会，书记让我和"活字典"一同参加。"活字典"家里临时有事，不能同行，我陪同书记当晚先走一步，约定第二天早八时在会场门口见面。翌日，在会场门口一直等到八点半，也未见"活字典"上来，只好入场。吃午饭时，才见"活字典"行色匆匆而来。书记很不高兴，连看都没看他一眼，我替其捏一把汗，这小子要成日本船——丸（完）。"活字典"如实向书记汇报：起早赶到火车站，准时上了车，看了一个小时的书，车一停，赶忙下车，一看不是锦州，到了山海关，方向坐反了。听了这番话，一向不苟言笑的书记，脸色由阴转晴，总算原谅了他，我也松了一口气。

　　事过一个月，我和单位六个人晋职称，去哈尔滨考外语。书记让"活字典"买好卧铺票，大家分头赶到车站集合。车快进站了，左等右等不见"活字典"的人影，一次次打电话，家里人说他送站去了。这不要贻误大事吗，一个个急得直跺脚。眼巴巴看着火车开走了，"活字典"才骑着自行车赶来了，众人火冒三丈，有人要动手揍他，我好说歹说才拉开。"活字典"申辩道，我在路边翻了一小会儿字典，赶紧来了，也没晚多少，就差几分钟！面对这位老同学，我鼻子差点气歪。

2005 年 8 月 9 日

赵 琢 磨

　　赵琢磨是木材加工厂门卫老赵的外号。这个人从小就爱琢磨，念小学的时候，家里的闹钟、半导体收音机拆卸后，一琢磨，居然能完好无缺地安装起来。初中毕业后，接父亲的班，很自豪地当了一名看大门的国企工人。

　　赵琢磨只读了七年书，逢人便说，人生识字糊涂始，我识字不多识得明白。我琢磨，咱们中国字挺复杂，凡是叫不准的，你就念你认识的那一半。比如"舻"读"卢"，"祛"读"去"，"骼"读"骨"等等，中国字念半边，不会错上天！大家一听，觉得还真是那么回事，都对老赵刮目相看。

　　可是有一个人却不赞成，这个人就是和赵琢磨对班的王金美。王金美比赵琢磨文化高，初中毕业生，自称懂周易，喜欢给人算卦、起名，尤善给新出生的小孩起名，按他的理论，金、木、水、火、土，五行中缺什么用起名来找。赵琢磨根本不信他

246

这套，说那不是科学，两个人互不服气，一见面就半真半假地掐架。王金美对赵琢磨的"半边论"颇有微词，多次当着众人面现身说法："我上过赵琢磨的当，'文化大革命'中在全厂职工会上念稿，念到'战士指看南粤，更加郁郁葱葱'，我就念成'战士指看南奥，更加有有忽忽'，险些没被打成反革命。"赵琢磨说："你那是个例。"

赵琢磨压根不买王金美的账，规劝大家不要找王金美起名，他说："名字这东西就是个符号，好听顺溜就行。实在起不出来，让孩子用手往字典上点，点到啥字就叫啥名，也比王金美起那名强！"同时说服王金美："别煞费苦心地研究什么玄学了，好好研究汉字吧，学问大着呢！"王金美说："周易才叫学问呢。"对赵琢磨的话权当耳旁风，名照起不误。

木材厂大门口是个热闹的地方，每天晌午都聚集着一大帮人，下棋、打牌、侃大山。一日中午，吃罢午饭的人们照例来到门卫房，赵琢磨即兴写了一首诗，称这里"是起点，是终点，是牌场，是讲坛"。大家都说写得有诗味，唯王金美不以为然，说了一句"啥破诗"，照旧给别人算卦、起名。赵琢磨叫住王金美，把他拉到一边儿，悄悄地对他说："王兄，你过来。"然后将其拽到门卫房里的小黑板前。只见赵琢磨唰唰写下三个大字：王金美。之后正经八百地问："你这名谁给起的?"王金美答曰："天机不可泄漏。"赵琢磨说："还天机呢！你琢磨一下这三个字，分明写的是王八、王八、大王八。"弄得王金美一下子傻了眼，老半天说了一句话："快闭上你这乌鸦嘴！"从此之后，王金美既不算卦也不起名了，工友们倒挺纳闷，皆不知其中之奥秘。

2009 年 8 月 20 日

白科长让贤

机关人事变动，让我这个年轻人去当老干部处处长，我有几分忐忑不安。这个职务倒不是胜任不了，主要因为这个处有位资历比我老得多的白科长。人们虽然都称其为科长，但实际上他干了几十年还是个主任科员。这次处长外派，他连个实职科长也未任上，对白科长来说，不免是个沉重打击，心里岂能平衡？

果然，我和白科长见面后，他第一句话就是："你行呀！我是不跑不送，原地不动。"我平静地说："你是说我又跑又送，提拔重用？"白科长喝了一口茶，点燃一支烟道："我不是这个意思，只是给自己鸣不平。"我在他对面坐下来，让他说说老干部处的基本情况，再看看老干部登记表。白科长慢声拉语地说："也没啥可说的，登记表不知道压在哪儿啦，就二十来个人，你慢慢就熟悉了。"我欲发火，但还是耐着性子对他讲："这样吧，你重新给每个人填一份登记表，尽快交给我。"一周过去了，白科长像没事人一样，喝茶看报，只字不提我交办的工作。我有点

249

火了，问道："登记表就是一天填写两个人，也该填完了吧？"白科长似在指导我工作，举着茶杯很认真地告诉我："登记表不光填写姓名，还要填写性别什么的，不像你想的那么简单。"真令我哭笑不得，想修理他几句，咽了咽吐沫，竟一句话也没说出来。

进行老干部家访，我带着白科长同行。一日误了饭时，我建议到路边一家快餐店吃午饭。正是饭口，人挺多，我俩分别找空位。不一会儿，白科长指着身边一位用餐老者，大声呼喊我："过来吧！这老头儿，快完啦！"这声惊呼，把周围用餐的人吓了一跳，纷纷投来异样的目光，弄得我尴尬之极。用餐老者愤愤然，一边站起身来一边回敬白科长："会不会说话，你才快完了呢！"白科长喃喃自语："这也不是照书本说话。"

元旦将至，老干部党支部组织学习，传达单位年终总结和新一年的工作安排，我主持，让白科长念印好的文字材料。白科长事先也没认真看打印稿，念得笨笨磕磕，结结巴巴，其中有一处念得实在不成样子。他念道："贯彻中共中央文件精神，我们顶住了。"与会老干部愕然，面面相觑。白科长喝了一口茶，翻到下一页接着念："不正之风……"大家这才松了一口气。

按照单位统一安排，机关各处（室）竞争上岗，竞聘副职。白科长找我谈话，中心思想是，他在机关干了三十多年，没功劳还有苦劳，没苦劳还有疲劳，这次竞聘弄不上副处长，怎么也得弄个副处级员。我对他说："人事制度改革，不是哪一个人说了算，这是公开、公平、公正竞争啊！"白科长还真不含糊，做了竞争上岗准备，演讲材料写了七八页。

竞聘大会紧张有序地进行，最后一个上台演讲的是白科长，但见他迈着四方步走上台来，既没戴花镜，也没拿发言材料，大家以为他要脱稿演讲，一定是下了大功夫了。白科长环视台下一张张熟悉的面孔，一字一板地说："各位，听了上面几位同志的演讲，我感慨万分。在机关工作，我体会，一是要能写字儿，二是要会办事儿，看来这两条我都不太行。就是平时打扑克，人家都嫌我出牌慢。"台下的人一阵大笑。白科长接着讲："人贵有自知之明，我宣布让贤了，退出竞争！"会场骤然间响起热烈的掌声，在一片掌声中，白科长真的拜拜啦！

2010 年 3 月 4 日

常江同学

　　常江，名字起得挺有意思，简明又大气，让人自然而然地想到那条最长的河流。在高三这一届同学中，他官当得最大，比县长还高半格，在省城一个主干线厅局任职。每次同学们见面，称其官衔他总不乐意，直呼其名，大家又觉得有失尊重。还是老班长见多识广，在常江未参加的一次聚会上提议，叫他常同学，大家都说好。就是在这个聚会上，老班长向在座的同学讲述了一个他与常同学交往的真实故事。

　　常同学家境贫寒，幼年丧母，老姐姐将其拉扯大。梦中，常常回到养育他的松嫩大平原，记忆中的美食，仍是苞米子粥、盐水煮黄豆，那颗心依然家常。毕业多年，同居一个城市的哪个同学生病住院，哪个同学家的老人过生日，他都到场。人们惊异地发现，这个配有专车的副厅级干部，竟然没有用过一次公车，近几年自行车很少骑了，除了上下班坐车通勤之外，或安步当车或打出租。有人说他整景，有人说他不合时宜。在一次会议上，一

252

位同事几近愤慨地说："一个堂堂的厅级干部，怎么能装成一个老贫农！"常同学点头称是，一笑了之，依然故我。

其时，大部分同学在母校所在地的县城工作。那年，老班长的孩子师专中文系毕业，在家待业，急得心焦火燎，便到省里去找常同学。常同学把他请到家里，一边吃饭一边宽慰道："现在用人都是聘任制，省城比县城就业门路宽一些，可以帮你打听打听。"老班长身居小城，消息闭塞，又不大相信报刊上的招聘广告之类，常同学答应得这般爽快，心里很觉踏实。起身告辞，将一个装有三千元现金的信封放在常同学家的写字台上，诚恳地说："这点钱请人吃吃饭，不能让你劳神又搭钱。"常同学略犹豫了一下，啥话也没说，把钱放进抽屉里。没过多久，省人才市场打来电话，让老班长的孩子到一家杂志社应聘，面试后双方皆满意，签了录用合同。孩子上班了，老班长对常同学甚是感激。

是年，同学们回母校聚会，省城距这个县百余里，坐小汽车一个半小时便到，而常同学是坐火车赶来的。只见他一身半旧休闲装，脚穿一双轻便布底鞋，倒是肩上的阿迪达斯牌背包挺时髦。常同学到得比较早，在餐桌的下首位置坐下等候大家。人到齐后，推他坐上首，他死活不肯。开餐后，大家相互敬酒，都知道常同学喝酒过敏，无人劝酒。酒过三巡，常同学站起身来敬酒，他将两瓶盖儿啤酒倒入一个玻璃杯中，举杯道："这权当两瓶酒吧！一瓶敬老师，一瓶敬同学，今天能喝这么多酒，对自己也油然而生敬意，干杯！"说罢一饮而尽。幽默风趣的祝酒词，引发一阵开怀大笑，把聚会推向高潮。再看常同学，从脸到脖子全是红点点，似起荨麻疹一般。见此状，大家无不唏嘘。在师生的心目中，常同学为官谨慎，不事张扬，克己复礼，一向有谦恭之美德，众皆叹服。

散席回到家里，老班长接了个电话，有人捎来东西，让现在去取。赶至单位，值班的同志对他说，这个包是县政府办公室派人送来的，让转交给你。接过来一看，是常同学参加聚会时背的那个新包，心中好生纳闷，一时丈二和尚摸不着头脑。打开背包，里面厚厚一摞小学生作业本，还有一个精美的文具盒，里面装满碳素笔、圆珠笔。显然，背包里的这些学生用品，都是送给孩子们用的。再往里一掏，他的心咯噔一下，装有三千元的那个信封，居然连封口都没拆，原封不动退了回来。顿时，什么都明白了。此刻，老班长垂着手，低着头，两眼呆滞，手里握着装钱的信封，像俄罗斯油画《米佳的2分》中的那个主人公，手里握着一张不及格的考卷。他想马上给常同学通个电话，又觉不妥，说什么呢？以后再面谢，又怎么谢呢？这件事就这么放下了，心里却一直忐忑不安。

半年之后，老班长鼓起勇气给常同学挂了电话，想把这事说一说，总得有个回话吧。电话接通，对方告知，常副厅长已经荣升，去一个大市担任市委书记。他放下电话，拿起这个看似寻常又不寻常的背包，喃喃自语："好人哪！"心中默默祝福远在天边却似近在眼前的常江同学。

2005 年 8 月 9 日

254

大季班长

　　大季，我在县城一中上高中时的班长。其前任是"打小报告假积极，脑袋顶块西瓜皮，西瓜皮两瓣儿了，干一学期掉蛋儿了"。教语文课的班主任杨老师，召开紧急会议，大季受命于危难之时，当了班头，我则当上语文课代表。用现在任命干部的话说，我俩同一天下的令，可谓缘分矣！大季，一米八多的大个儿，四方大脸，双眼清澈明亮，颇像电影明星。可是干起活儿来一个顶俩，下乡支农，人拉马车运粪肥，总是他驾辕，铲地、割地总是他打头。学校盖校舍，从十里之外的砖厂往回倒砖，我背七八块，累得两腿突突直打晃，中途歇了好几歇；可大季一背十五六块，健步如飞，常常赶上来，从我的背后悄悄拿走两块砖，摞在自己的肩头上。只有十六岁的我，心里充满感激之情。

　　高中毕业了，同学们虽然各奔西东，但却像一条条小船，漂泊了几十年，大多没有驶出呼兰河的疆界，相互间还有些联系，唯有杨老师和大季音信皆无。大家常常忆念起他俩，哪怕如一首陕北民歌唱的那样"拉不上话话儿招一招手"也行。听同学们说，杨老师很早就调回老家去了，大季去辽南当兵，一直当到上校团长，转业后在一座城市的开发区当银行行长，任一把手，有的同学亦想去看看，串联了几回，皆因门槛太高而望而却步。

忽有一天，大季的同桌老齐打来电话，说他去大季家了，在那儿过的春节，一日三餐有鱼虾，待得都不想回来了。这个齐同学，在校念书时偏科，酷爱文学，中外名著无所不读，只是不修边幅，要不是戴副高度近视眼镜，活脱脱一个济公形象。上数理化课，他从来不听，在课桌下面看小说，考试必抄，抄得性起，索性将大季的考卷拿将过来，旁若无人一样。为此，大季不知担了多少风险。多少年后，齐同学还炫耀道，我考试打小抄老有历史了！我没有料到，这样一位散仙，在多年不见、现已是处级官员的家里一住半个多月，两口子桌上桌下伺候着，不是谁家都能做到的。更让我没有料到的是，齐同学动情地讲述了大季和班主任杨老师的一段师生情谊。

原来，我上大学那年，杨老师便从县城一中调回辽南老家，在一所重点中学任教，正巧和大季同居一座城市。杨老师退休后在家安度晚年，不想人有旦夕祸福，老伴病故，杨老师孑身一人生活。儿子杨学文，偏爱习武，从小打拳舞剑，崇尚少林。邻居张氏兄弟，一个名叫张虎，一个名叫张豹，学文几次和父亲说，与虎豹为邻对咱杨家不利。父亲说："起名不过是个符号而已，无妨！"学文不听，将自己的名字改为杨炮，还买了一支双筒猎枪，以震慑虎豹。那年，他和几个朋友进山打猎，打伤一只东北虎，按照野生动物保护法，罚款还要追究刑事责任，杨炮三十六计走为上，一跑了之，到南方经商去了，再没有回来。杨老师独居几年后，搬进老年公寓。这些年来，大季成了杨老师的儿子，逢年过节接回家里，隔三岔五去公寓送些生活日用品，每次去必拎上两大桶杨老师最爱喝的大高粱酒。去年夏天，杨老师想念县城一中，要回来看看。大季买好卧铺票，专程陪同北上。那天晚上，同学们宴请杨老师，我从外地特意挂个电话，对不能赶回去看望恩师深表歉意，遥祝老人家健康快乐。杨老师那个高兴呀，电话迟迟不肯挂断。万万没有料到，这竟是我们班同学为杨老师送行的最后的晚餐。杨老师的后事，自然都是由大季料理的，银行许多职工，目睹了他们尊敬的行长怎样将一位无依无靠的老师当作父亲，为其养老送终……

故事寻常，而我却泪流满面，是感动，是愧疚？我的眼前，再次浮现出少年时代在一个班委会共事的大季班长，从我背后悄悄拿下两块红砖，放在自己满负重荷的肩头上。

2010 年 4 月 6 日

257

马棒同学

　　初中毕业四十年之际，我回学校所在地的这个县城去参加同学聚会。按电话通知要求，上午11点钟到这个县最有名的汇宾楼会齐。我因汽车半路抛锚，晚了一个小时，最后一个赶到。

　　一进酒楼餐厅，意想不到的是，当年百十人的同届同学竟来了二十多人，除了这些年之中见过的几个同学之外，全是陌生的面孔、陌生的名字，乍见之下形同路人，我有几分尴尬。这时，我们班的老班长指着一个胡子拉碴、五短身材的同学说："还记得许家骥吧？许大马棒。""正是在下！"在场的人一阵会心大笑。忘记谁也忘记不了此公，我赶忙走过去，两双手紧紧握在一起。禀性难移，他的话一出口，还是当年念书时那副德行，活生生的"这一个"。

　　许大马棒，是许家骥同学的外号。"大跃进"年代下乡支农秋收，我俩住在生产队长家里。第一天派活儿，生产队长按照老师提供的学生名单，一一分派。当念到许家骥的名字时，把

258

"骥"字分成两个字看了，念成"许家马粪"，大家笑得前仰后合，队长一时丈二和尚摸不着头脑。"许家马粪"刚一传开，有谁叫他此名，他就骂谁王八蛋。同学们见他性格豪爽，言语粗野，形似土匪，又送给他一个略雅一点的绰号——许大马棒，简称"马棒"。或许土匪司令比许家马粪的名字要好听得多，他竟欣然接受下来。秋收结束返校，社员们到村头送行，队长拍着许家骥的肩膀，依依不舍地说："马棒同学干庄稼活是把好手，回去给你爹妈问声好！"马棒同学点头称是。从此，许家骥和许家马粪的名字消失，"马棒"取而代之。

在校读书时，马棒是班主任老师最不喜欢的学生。班主任姓董，教我们数学课，有一次课堂提问，连叫几遍马棒的学号，无人应答。董老师走过去一看，马棒正聚精会神地捧读一部长篇小说，封面用数学课本遮住。老师大怒，勒令其站到讲台前，示众一堂课。"六一"儿童节那天，董老师讲课之前来了一个小段，讲中国的儿童如何幸福，幼儿园的孩子如何活泼可爱，个个鹤发童颜。马棒坐在下面嘿嘿直笑，当着众同学的面纠正道："老师，你说的童颜很对，但不是鹤发。"

这下可惹下大祸。董老师利用每周一次班会之机，组织班级"骨干"力量，公开点名批斗马棒。欲加之罪，何患无辞，罪名是"拉帮结伙，搞小集团活动"。

我十分清楚，马棒敢于仗义执言，在同学中很有威信，人缘不错。那时班级搞民主鉴定，班里那几个"骨干"见我年纪小刚从外校转来，想要一耍威风，鉴定居然给我评个两分，不少同学敢怒不敢言。马棒同学拍案而起，斥责了这种恶劣行径，在同学们的支持下，虽然给我改为四分，却得罪了董老师的这些心腹。马棒的家住在东门里，每天上学放学有三四个同路的同学，他们年龄相仿，志趣相同，常在一起谈谈文学，聚在一块儿抠那些难解的数学题，时而每人腰里别一把球拍子，在一个地方聚齐，去外校打乒乓球。这就是董老师眼里形成的"小圈子"。

批斗会的场面至今历历在目。在教室里，将书桌围成一圈，威逼同学们轮流发言。大家低着头，谁也不说话，一个姿势呆坐在那里。可能有点坐累了，有人稍微活动一下身子，被董老师看在眼里，忙指令他发言。那几个"骨干"声嘶力竭，逼迫马棒同学从实招来，低头认罪。有的人，尽管还没步入社会，却从折磨别人之中得到一种快乐和享受。无奈，马棒同学说了一句"好汉做事好汉担，与别人无关"，以此定罪，受到记过处分。我当时是班里年龄最小、个头最矮的，每到开班会，都吓得魂飞天外、胆战心惊。几十年来，每当我看到聚众斗殴或听到呼号喊叫之声，浑身就不寒而栗，怕是那时坐下的病根。

后来得知，马棒同学初中毕业后参军去了，在部队干得相当出色。转业到地方后，被分配到县人民银行当信贷股长，去年提前退休。在位期间，他为政清廉，身体力行，为贫困山区办了不少实事。

出乎意料的是，宴会即将开始的时候，酒店经理扶着一位老人缓缓进来。我仔细一看，差点叫出声来，这不是我们的班主任董老师吗？大家纷纷起立。待董老师落座，同学们走马灯似的前来敬酒。酒过三巡，董老师吃力地站了起来，环视一下在座的同学，动情地说："我今天特别高兴。张罗这次聚会的许家骥同学三番五次邀请我来，又让经理派车去接我，很受感动。回想我给你们当班主任那个年代，对同学太刻薄了，对在座的也多有伤害……"说到这里，这位老人的声音有点颤抖。马棒同学走了过来，拦住了他的话头，举起酒杯道："老师，今天是师生团聚，不提过去，为您和您的家人，干杯!"

我突然发现，在我所有的初中同窗之中，有一个人一直令我敬佩，这个人就是许家骥——马棒同学。

2000 年 10 月 29 日

潘 同 学

令人难以置信，一个普通高中毕业生，竟被世界一家大公司聘为总工程师，干了十年，却毅然放弃优厚的待遇，回到黑龙江，为黑土地经济建设添砖加瓦，甘守清贫。更令人难以置信的是，公司老板以丰厚的条件请他重返公司，他却断然谢绝。这就是我中学时代的潘同学，和他一道工作过的人很少知道他的名字，都亲昵地称他为潘工。

我和潘同学上中学时在一个班，家住东西院，每天一起上学，一起放学回家。我俩皆幼年丧父，家里没有劳力，常在一起打柴火，扒炕抹墙，遛土豆拾庄稼，生活的重担过早地压在我们稚嫩的肩上。潘同学上学没有书包，是用一块旧蓝包袱皮代替书包艰难地读完中学的。彼时，尽管家境贫寒，然而，痛且快乐着，憧憬未来，觉得天上有一轮微笑的太阳。

潘同学的数理化成绩极好，每次和几个拔尖的同学在一起抠难题，没有结果决不罢手。一次解一道方程式，把老师都难住了。放学后我陪潘同学在教室里演题，直到星光满天，有了答案才夹起书包回家。路上，我们谁也没有说一句话，因为饿得两眼冒金星，浑身直出虚汗。那是一个月口粮只够吃二十天的"瓜菜代"年月。他执意把我拉到他家，我也不知道他们一家人都没吃饭，一盆苞米楂子粥端上桌，被我俩饿虎下山般吃个精光。饭后，潘同学搬出洋铁匠寄存的一套工具，剪一块废铁皮，饶有兴致地敲打起来。在乒乒乓乓声中，他附在我耳边告诉我，他立志当一个工程师。

高中毕业后，潘同学被分配到县粮食系统工作。在担任米厂厂长期间，他对离退休职工、孤寡老人格外关心，对确有困难的无不尽力解决。他想方设法为职工建房。当时，由于分配不公，县城里一些单位抢房成风，为了检验分房是否公正，他将自己分得的两间平房向全厂职工公示，没有一个职工有意见，一年之后方搬进去住。此间，他在厂里不断进行技术改造、技术革新，颇有成果，令省内外同行刮目相看。正当他要大展宏图之时，"文化大革命"粉碎了他的发明创造梦，他被下放到离县城二十多公里的粮库当化验员。他向掌权的造反派要求，到离家近一点的地方，家里老的老小的小，没人挑水。然而，谁人问你死与活！无奈，他背着行李卷，拎着半面袋子苞米面干粮和咸菜疙瘩，徒步去粮库报到上班。

调回县库后，在粮食烘干车间跟班化验的日子里，他下夜班回家的路上，要横穿铁道线，并路过一大片空旷的菜地，没有一点光亮，心里有几分发怵。不经意间，他发现一条狗跟在后面，一直把他送到家门口，喂它吃的，它看也不看，摇摇尾巴，顺原路跑了回去。从那天开始，这条狗在菜地旁的土路上准时等候他，陪伴他走过黑洞洞的漫漫长路。说这番话的时候，我强烈地感到，他对似通人性的那条大狗心存感激。即使在这样的环境里，他也没有放松对粮油加工机械的研究，他取得了突破性进展，成为粮食加工技术拔尖的人才。

年逾知天命，潘同学退居二线，省里多家粮油加工单位请他讲学。一家世界著名的公司聘其为总工。他干起工作来一丝不苟，得到外方专家的赞许，尊称其为老师。潘同学在全国粮食加工学术报告中，多次大声疾呼，希望看到国内粮食加工和粮食机械制造业走向世界，成为强者。

潘同学从北京回到哈尔滨，请我在大丰收饭店吃家乡饭。多年未见，他依然如故，尽管岁月的霜雪飘落两鬓，双眼仍然透出那种刚毅和自信。

相对而坐，没有客套，不烟不酒，唯嗜茶耳。我们以茶代酒，对酒当歌，轻轻哼唱起《北大荒人的歌》：第一眼望见了你/爱的热流就涌向心底/站在莽原上呼喊/北大荒啊我爱你……他用餐巾纸擦拭眼中的泪水，喃喃自语："在北京见到家乡的大米，心就飞回黑土地。"这大概就是故乡情结。说起往事，潘同学的每一寸记忆，渐渐组合成一个完整的新记忆，他动情地说："如果没有青少年时代经历的苦难，也许不会有今天。"这是一位年逾花甲的机械总工，对成功之路的诠释。

2005 年 4 月 18 日

激情年代的一次采访

上个世纪的 1976 年，我在中央人民广播电台黑龙江记者站当记者。是年 8 月，中央台新闻部派一位叫叶祥贵的记者来，拟采访张勇烈士的弟弟张健，如何继承张勇的遗志，毅然插队到姐姐战斗过的地方。我们记者站去两个人配合，一起前往呼伦贝尔大草原。

全国知识青年典型张勇，激励了一代青年。这位天津姑娘，为了保护集体财产，救公社落水羊而牺牲，年仅十九岁。当年，周恩来总理曾让邓颖超将刊登张勇事迹的《人民日报》寄给其侄女周秉德，要她向张勇学习。当时在全国影响之大，可见一斑。

我们一行三人出发了，身背当时颇时髦的日本微型录音机，真可谓有点儿"春风得意马蹄疾，一日看遍长安花"的意味。老叶是江西人，说话口音挺重，我和小周听着挺费劲儿，直呼他老表，他乐乐呵呵应答。从哈尔滨乘火车换长途汽车，又坐上一辆敞篷"大解放"，几经辗转，才到达当时隶属黑龙江省管辖的新巴尔虎右旗。青年点居住分散，生活条件相当艰苦，张健所在的青年点，只有几顶帐篷，没有办公室，我们的录音采访是在草垛围起来的"草房"里进行的。

采访结束后，返程成了问题，此地既不通火车也不通汽车，联系不到车辆。青年点"领袖"是位天津女知青，说一口流利的蒙语，用汉语夹杂着蒙语四处找车未果，急得团团转。无奈之下，我们决定徒步穿越草原，步行到满洲里，然后从那里坐火车返回省城。

其时，我们三个人都三十来岁，风华正茂，没有一丝胆怯，几百里路不在话下，草草吃口早饭，便起程上路了。刚开始还有几分亢奋，一路高唱草原歌曲《草原就是我的家》和"我骑着马儿过草原，清清的河水蓝蓝的天"……渐渐有点体力不支，行进的脚步放缓下来。我们最担心的莫过于遇上狼群，战斗力已无，哪里是饿狼的对手，谁也不说话，心里暗暗叫苦。当太阳即将下山时，蚊蠓小咬成群结队袭来，驱之不散。我们只有招架之功，没有还手之力，便把头和脸用毛巾裹得严严实实，只露出一双眼睛，再用青草绕扎上裤腿，在齐膝的草地上奋力前行。此刻，"花的原野"的浪漫情怀荡然无存。一直走到晚上8点多钟，仍未走出一望无际的大草甸子。一天水米没沾牙，肚子饿得响咕咕。不知又走了多久，前方有隐隐约约的灯光闪亮，我们像哥伦布发现新大陆，顿时欢呼起来。

这也是一个青年点，知青皆来自天津，见到我们犹如见到亲人，十分热情。他们的家都住在天津，家里既没来电报，也未来电话，再三向我们询问唐山大地震波及京津的情况，我们所知甚少，只有宽慰他们。几个男女小青年立即用干牛粪生火，为我们做饭。做的热汤面，没有青菜炝锅，这群孩子不知从哪里弄来一个小倭瓜，切成片片儿放进手指肚粗细的面条锅里。我们席地而坐，每人端起一大碗无油无盐无葱花的面条，狼吞虎咽，风扫残云，全然不在乎落在汤上面的一层蚊虫，吃得无比香甜。

我们在帐篷里住下来，和衣而卧。我是一个头挨枕头就进入梦乡的人，这一夜，久久未能入眠。这群远离家乡的十六七岁的小青年，无怨无悔，自愿扎根边疆。唐山大地震刚刚发生，波及天津，这里交通闭塞，通讯全无，每个知青不知家人可安宁，竟无一人离开青年点，何也？他们"都有一颗红亮的心"。这次采访，近距离学习"张勇精神"，我的心灵受到强烈的震撼，得到一次净化和洗礼。

第二天中午，我们登上返回哈尔滨的列车。车厢里，我心里一遍遍默念：再见了，呼伦贝尔！耳边，传来改编自张勇日记的《我爱祖国大草原》那首歌。

2020 年 5 月 5 日改于哈尔滨群力高所

267

图书在版编目(CIP)数据

杏花消息雨声中／吴宝三著. －－北京：中国文史
出版社，2021.3

（中国专业作家作品典藏文库．吴宝三卷）

ISBN 978 - 7 - 5205 - 2554 - 1

Ⅰ．①杏… Ⅱ．①吴… Ⅲ．①散文集 – 中国 – 当代
Ⅳ．①I267

中国版本图书馆 CIP 数据核字（2020）第 226819 号

责任编辑：牟国煜

出版发行：**中国文史出版社**

社　　址：北京市海淀区西八里庄路 69 号院　　邮编：100142

电　　话：010 - 81136606　81136602　81136603（发行部）

传　　真：010 - 81136655

印　　装：廊坊市海涛印刷有限公司

经　　销：全国新华书店

开　　本：720 × 1020　1/16

印　　张：17.5　　　字数：175 千字

版　　次：2021 年 3 月第 1 版

印　　次：2021 年 3 月第 1 次印刷

定　　价：59.80 元